오늘 하지 않아도 되는 걱정은
오늘 하지 않습니다

오늘 하지 않아도 되는 걱정은 오늘 하지 않습니다

유쾌한 로봇공학자 데니스 홍의
현재를 살아가는 법

데니스 홍 지음

INFLUENTIAL
인 플 루 엔 셜

내 이름은 데니스 홍,

당신의 이름은 무엇인가요?

삶은 문제의 연속이지만,

쓸데없는 걱정은 털어버리고

오늘은 오늘의 할 일을 합시다.

나의 기준으로 나를 행복하게 하고,

내가 중요하다고 생각하는 일을 하세요.

#데니스홍_왈

차례

Part 1

당신의 이름은 무엇인가요?

: 나답게 살기

없는 것을 부러워하기보다,
있는 것을 더 감사하게 생각합니다

바로 지금, 여기

예전이 참 좋았지.

옛날의 나 괜찮았는데!

인생에서 가장 멋지고

가장 아름다운 순간은 언제였을까요?

저는 언제나 '지금의 나'가 좋아요.

앞으로도 항상 그럴 예정입니다.

지나간 시간을 아쉬워하기보다

현재의 시간을 온전히 사용할 수 있음에 감사합니다.

지금, 당신의 모습은 어떤가요?

과식은 하지만, 가식하지 않습니다

있는 그대로를 보여주고
보여준 대로 살고
사는 대로 말하고
말한 대로 실천하지요.

실천하지 않는 것은
말할 필요가 없지만,
사실 제가 말하지 않는 것들은
실천하지 않는 것들이랍니다.

넘어지는 방법

저는 자주 넘어집니다.

하지만 쉽게 다시 일어납니다.

넘어질 땐, 안 아프게 잘 넘어지거든요.

위험한 길을 만나면

가야 할 가치가 있는지 고민해봅니다.

새로운 길이면 먼저 탐색해봅니다.

험난한 길이라면

안전하고 따뜻한 옷과

튼튼하고 좋은 신발을 미리 준비합니다.

넘어질 땐 안전하게 잘 넘어져야 합니다.

넘어져본 적이 없다면 크게 다칠 수 있거든요.

넘어져서 크게 다쳤던 기억이 있다면

넘어지는 것이 두려워 새로운 길을 망설이게 됩니다.

빨리 갈 수 있는 길은 서둘러 가지만,
즐기면서 느긋하게 가는 것도
잊지 않습니다.

그렇게 저는 새로운 것을 발견하고,
넘어져도 다시 일어나며,
항상 즐겁고 신나게
매일 새로운 모험을 떠납니다.

나의 일

모든 일을 다 잘하진 못하지만
제가 하는 일은 꽤 잘합니다.
그 비법 중 하나는
잘 못하는 일들은 하지 않는다는 것입니다.

다양한 사람이 있으면
다양한 일을
각자 잘하는 사람에게
알맞게 나눠주면 되지 않을까요?

잘 못하는 일들을 하지 않아도 된다면
일의 효율이 오르고, 재미도 늘고
스트레스도 줄어들겠지요.

조직에서 리더십, 유연성,
그리고 다양성이 중요한 이유입니다.

그래서 노력 중

노력하지 않아도 이루어지는 일이 있고,
아무리 노력해도 이룰 수 없는 경우도 있습니다.

성공과 실패가 확실하지 않은 상황에서
성공의 확률을 높일 수 있는 방법은
현명하게 노력하는 것뿐.

성공한다면 기쁜 일이겠지만,
그렇지 못하더라도 충분히 노력했다면
후회가 없을 테니까요.

노력하면 안 되는 것이 없다?
노력하면 성공 확률을 높인다!
저는 이렇게 말합니다.

저는 언제나 '지금의 나'가 좋습니다.

다른 사람들과는 다른

당신만의 모습을 좋아해주세요.

당신 그대로의 모습을요.

스트레스

바쁜 일상 속에서 스트레스 많이 받으시나요?

사람들이 가끔 묻습니다. 어떻게 이렇게 늘 유쾌한지, 저라는 사람은 스트레스가 없을 것 같다고요. 누가 무엇을 주려 한다고 해서 꼭 받지 않아도 되듯이, 스트레스를 주는 일은 많지만 그 일들이 주는 스트레스는 받지 않으려 합니다. 스트레스를 받지 않는 비법이라면 좋아하는 척, 잘하는 척, 관대한 척하지 않는 것입니다. 그러기에 나는 너무나 작은 사람이니까요.

노력으로 바꿀 수 없는 일에는 기분 상해 하거나 짜증을 내지 않습니다. 여행을 갔는데 매일 비가 내린다거나, 어렵게 찾아와 한 시간 넘게 기다렸던 맛집이 재료 소진으로 내 차례에 문을 닫아도 허허 웃고 넘어갑니다. 물론 아쉽고 화나는 경우도 있지만, 그렇게 해봤자 바뀌는 것은 전혀 없더라고요.

물론 이런 경험으로 바뀌는 것도 있습니다. 여행을 계획할 땐 미리 날씨를 살피거나, 맛집을 찾을 땐 재료 소진 여부를 먼저 고려하는 등 앞으로 반복될 수 있는 계획과 행동에 실수가 없도록 주의를 기울입니다. 만약 누군가의 잘못으로 생긴 일이라면 책임을 묻되, 내가 지금 무슨 일을 해도 해결될 사건이 아니라면 거기에 나의 소중한 시간과 노력을 낭비하지 않습니다. 짜증을 내지도 슬퍼하지도 않아요.

하지만 어떤 문제가 노력으로 바뀔 수 있는 가능성이 보인다면, 그 문제를 전력투구로 해결해야 합니다. 스스로 바꿀 수 있는 일이나 상황이라면 거기에 집중하고 해결책을 모색하지요. 문제가 해결되면 다행이지만, 진정으로 노력했음에도 해결할 수 없는 경우에는 있는 그대로를 받아들입니다. 최선을 다했지만 실패한다면 미련을 둘 필요가 없으니까요.

결국 인생에서 내가 통제할 수 있는 것은 나 자신의 생각과 태도뿐입니다. 그게 어쩔 수 없는 상황에서 스트레스를 받지 않는 가장 큰 이유가 아닐까요.

스트레스 받을 일이 없는 것은 아니지만, 누군가 준다면 받지 않고 거절하겠습니다. 그럼 돌려줄 필요도 없으니까요!

있는 그대로

쭈글쭈글 예쁘지는 않지만
있는 그대로의 나 자신,
내 모습 그대로를 좋아합니다.

당신은 당신을 좋아하고 있나요?
조금 모나거나 예쁘지 않더라도
당신에게는 당신만의 매력이 있답니다.

다른 사람들과는 다른,
당신만의 모습을 좋아해주세요.
있는 그대로의 모습을 사랑하는 그런 당신이
제게는 가장 아름답습니다.

멋진 사람

남들이 "멋있다!" "멋지다!" 할 때
으쓱하며 제자리를 잊는 사람은
진짜 멋진 사람이 아닙니다.

선망과 칭찬을 즐길 줄 알지만
'멋'은 목표가 아닌 부산물일 뿐임을 이해하고
더 큰 가치를 위해 끊임없이 노력하는 사람이
진짜 멋진 사람입니다.

우리 함께
내일 더 멋있을 수 있는 사람이 됩시다.

작용과 반작용

진정성은
말보다는 액션action에서 드러나고,

인격과 성품은
액션보다는 리액션reaction에서 드러납니다.

자신의 진심이 어떻게 보일까
너무 고민하지 마세요.

진정성이란 내가 보여주는 것이 아니라
자연스럽게 타인에게 보이는 것이랍니다.

나만의 방식

당신이 좋든 싫든
나는 나답게 삽니다.
그게 좋다면 다가오시고
싫다면 다가오지 마세요.

나는 누군가의 기준에 맞춰 살지 않습니다.
내가 남에게 피해를 주지 않는 이상
맘에 들지 않더라도 조용히 해주시죠.

하지만,
내가 누구인지 궁금하시다면,
언제든 가까이 다가와도 좋아요.
건강한 에너지를 나눠드릴게요.

당신이 좋든 말든
난 언제나 나만의 방식으로

더 좋은 세상을 만들기 위해 노력합니다.

그래서 항상 행복합니다.

그래서 언제나 자유롭습니다.

그리고 그게 바로 나입니다.

비교와 평가

사람들이 이야기하는 소리가 들려옵니다.
저 사람 이렇대, 저 사람 저렇다던데?

누군가 나에 대해 어떻게 생각하는지는
사실 그리 중요한 게 아닙니다.
나 자신에 대해 스스로
어떻게 생각하는지가 더 중요합니다.

나의 기준으로 나를 행복하게 하고
내가 중요하다고 생각하는 일을 하세요.

저 역시 남과 비교하지 않고
스스로에게 자랑스러운 삶을 살고자
열심히 노력하는 중이랍니다.

겸손

저에게 있어서 '겸손'이란,

당신 앞에서 저 자신을 낮추기보다는

제 앞에 있는 당신을 올려주는 것입니다.

그래야 당신과 나,

우리 모두가 함께 올라가지요.

우선순위

제 인생의 최우선순위는 '행복'입니다. 행복을 위해서는 '삶의 밸런스'가 가장 중요하다고 생각합니다. 그래서 저는 미국에서는 외부 활동을 전혀 하지 않습니다. 연구소와 집만 왔다 갔다 하죠. 한국에서는 외부 활동, 미국에서는 연구와 가족, 이렇게 완전히 구분을 합니다. 그래야 가정도 행복하고, 연구도 잘할 수 있고, 가치 있는 외부 활동을 왕성하게 할 수 있어요.

해야 할 일이 많더라도 가족과 시간을 보내고, 사람들과 이야기를 나누며, 조용히 산책하면서 하루를 돌아보는 일을 빼놓지 않습니다. 그래야 제가 행복하니까요. 좋은 남편, 좋은 아버지가 되는 것. 이게 언제나 제게 1순위입니다.

없는 게 매력입니다

술이 없어도 잘 놀고,
시간이 없어도 여유가 있으며,
종교가 없어도 마음이 평화롭습니다.

행색이 초라해도 당당하고,
지켜보는 사람이 없어도 베풀며,
좋은 결과가 없어도 계속합니다.

운동을 못해도 창피하지 않고,
상이 없어도 실망하지 않으며,
그대의 연락이 없어도 토라지지 않습니다.

시키는 사람이 없어도 계속 공부하고,
물어보는 사람이 없어도 언제나 궁금해하며,
잘 풀리는 일이 없어도 행복해합니다.

보는 눈이 없어도 줄을 서서 기다리고,
설명서가 없어도 일단 한번 시도해보며,
고민에 대한 해답이 없어도 결국엔 웃습니다.

풍부한 어휘력은 없지만
마치 뭐라도 많이 아는 듯이
이렇게 많은 이야기를 늘어놓습니다.

인생의 정답을 가지고 있는 것은 아니지만
저의 생각과 믿음을
모두와 나누는 게 좋습니다.

내가 잘하는 것

주어진 시간은 무한하지 않고
인간은 모든 것을 잘할 수 없으므로
잘하는 것에 집중하고
잘하지 못하는 것은
있는 그대로 받아들이고자 합니다.

그러기 위해서는 먼저
내가 무엇을 잘하는지,
무엇을 못하는지 알아야 합니다.

잘하는 것을 찾기 위해서는
잘 못하는 것을 있는 그대로 받아들이는 용기가 필요합니다.
젊을 땐 '잘 못하는 것'을 발전시킬 수 있지만
나이가 들면 '잘하는 것'에 집중해야 하는 시기가
반드시 찾아오거든요.

저는 수많은 시행착오 끝에
내가 무엇을 좋아하고, 무엇을 잘하는지
그리고 무엇을 잘 못하는지를 확실히 알게 되었습니다.
내가 잘하는 것에 집중해 최고가 되려고 노력하고
그 일을 즐겨보세요.

제가 못하는 게 무엇이냐고요?
못하는 것들을 숨길 필요는 없지만,
굳이 드러낼 필요도 없지 않을까요. :)

빠른 후회

편할 줄 알고 들어갔는데
무척 불편했다면,

빠르게 다시 나오거나
불편해도 그냥 참거나
달라진 환경에 적응하거나…….

올바른 해결책이란 없다.
어떤 선택을 하든
경험에서 배울 수 있다면
그럼 된 것이다.

(다시는 들어가지 말아야지.)

딴짓이 좋은 이유

저는 딴짓하느라 바쁩니다. 비행기를 밥 먹듯이 타고 세계를 누비며 전문 분야와는 관계없는 사람들을 만납니다. 내 교실이 아닌 곳에서 강연을 하며 내 연구와는 관계없는 글들을 씁니다. 익숙한 환경이 아닌 곳들을 찾아가고, 직업과는 관계없는 체험들을 하며 나이에 맞지 않는 어색한 행동을 하기도 합니다.

시간이 남아 도냐고요? 도대체 대학 교수가 뭔 짓을 하는 거냐고요? 제가 '딴짓'을 하는 이유는, 제가 하는 이 딴짓들이 무엇보다도 저에게 가치 있는 일이라는 믿음이 있기 때문입니다.

반복적인 삶에서 벗어나 활력을 주는 재미있는 일, 창의적인 아이디어로 자극받는 일, 사람들의 입가에 미소를 띠우는 행복한 일, 널리 선한 영향력을 미치기 위해 소통하는 일, 사회를 따뜻하게 하고 인간을 널리 이롭게 하는 일, 젊은 친구들에게 용기와 자극을 주는 일, 어린이들이 꿈을 찾게 도와주는 중요한 일, 조금씩, 아주 조금씩 이 세상을 바꾸는 일…….

본연의 일을 충실히 한다면, 이러한 '딴짓'을 하는 것은 '행

동하는 지식인이 갖추어야 할 중요한 자세'라고 생각합니다. 직업에서의 본연의 일은 교육자로서 학생들을 가르치고, 지도 교수로서 학생들을 지도하며, 연구자로서 실험실에서 연구하고 저의 연구소를 운영하는 것입니다. 그리고 그 전에, 한 사람의 남편이자 한 아이의 아빠로서의 일을 가장 먼저 생각합니다. 이렇게 먼저 할 일들도 하면서 딴짓을 합니다.

매일 반복되는 생활 속에서 여러분도 이러한 '딴짓'을 할 기회가 있다면 서슴없이 잡으세요. 거창한 일이 아니더라도 좋습니다. 독서모임, 봉사활동, 여행, 견학, 체험실습 등등. 해야 할 일을 충실히 하고 난 뒤의 '딴짓'은 너무나도 아름다운 일이랍니다.

나의 삶도 재미있어지고, 남에게도 행복을 주고, 더 좋은 세상을 만드는 가치 있는 일 딴짓. 하루는 누구에게나 24시간이고 우리에게 주어진 시간은 한정되어 있습니다. 여러분은 오늘 어떠한 '딴짓'을 하시겠습니까?

그릇의 모양

타인에 대한 부러움은
질투와 같은 부정적인 감정을 불러오지만
어떨 때는 그 부러움이
앞으로 나아가는 원동력이 되기도 합니다.

내 안의 감정도
어떻게 담느냐에 따라
독이 될 수도 약이 될 수도.

좋은 사람

기쁨을 나누면 질투가 되고,

슬픔을 나누면 약점으로 만드는 사람들은

자신에게서 멀리하고

인간관계를 정리하세요.

자기 주변을 '좋은 사람'으로 채우세요.

힘들 때 서로 기댈 수 있고,

잘나갈 때 손잡고 함께 나아갈 수 있는

그런 사람들.

"기쁨을 나누면 배가 되고,

슬픔을 나누면 반이 된다."는 이야기는

진리입니다. 단,

상대가 누구냐에 따라 다를 뿐이지요.

그러니까 내가 '먼저'

함께 진정으로 기뻐하고,

동정이 아닌 공감을 하세요.

그럼 당신도 누구나 곁에 두고 싶어 하는

좋은 사람이 됩니다.

기도문

예의는 지키되 남의 눈을 의식하지 않고,
나만의 목표는 가지되 남과 비교하지 않겠습니다.
감사하는 마음은 가지되 타인에게 베푸는 마음을 즐기고,
나의 단점을 알고 장점을 살리는 데 더 노력하겠습니다.

일을 하는 이유는 하고 싶은 일을 하기 위함임을 알기에
일 때문에 하고 싶은 일들을 못 하는 경우는 없도록 합니다.
반복되는 지루한 일도 그 의미를 이해해 새롭게 만들고,
열심히 일하지만 쉴 때는 그만큼 열심히 놀겠습니다.

삶에서 돈이 중요하다는 것을 알지만,
돈을 버는 것이 목표가 되는 삶을 살지 않겠습니다.
행복을 키우는 것이 목표가 되는 삶을 살겠습니다.
세상에 수많은 유혹이 있지만,
아들에게 자랑스럽게 이야기할 수 없는 일은 하지 않겠습니다.

모든 것을 할 수 없기에

내가 잘하고, 좋아하고, 가치 있는 일을 먼저 하겠습니다.

인기와 명성에 눈치 보지 않고, 즐길 때 즐기더라도

언제나 내 자리가 어디인지 잊지 않고 돌아오겠습니다.

죽음을 두려워하지 않는 삶을 살고자 노력하겠습니다.

내 앞에 있는 사람이 누구인가에 상관없이

아첨도 멸시도 하지 않고,

모두를 진정성 있게 마주하겠습니다.

가지고 싶은 것들을 얻기 위해 노력하지만

이미 가지고 있는 것들의 소중함을

먼저 이해하는 삶을 살아가겠습니다.

이 모든 기도는 제가 실천하고 있는 저의 삶이기도 합니다.

여행에서 돌아와서

어제의 행복했던 시간을 그리워하지 말고
내일의 행복한 날들을 기대합니다.

틀에 박힌 똑같은 삶에 스트레스 받지 말고
새롭게 변화한 나 자신에 설렙니다.

빈털터리가 된 지갑을 부끄러워하지 말고
꽉 채워진 나 자신을 자랑스러워합니다.

즐거운 일이 끝났다고 슬퍼하지 말고
즐거운 일이 있었음을 기뻐합니다.

다음 여행만을 손꼽아 기다리지 마세요.
하루하루를 지난 여행처럼
신나게 살아가면 되니까요.

내 이름은,

세상에 나보다 부자인 사람은 너무나 많고
세상에 나보다 잘생긴 사람도 수두룩하고
세상에 나보다 똑똑한 사람도 많습니다.
세상에는 나보다 나은 사람이 이토록 넘쳐납니다.

하지만 나 자신을
타인과 비교할 필요는 없습니다.
사실 난
세상에 부러운 사람도 없답니다.

내 이름은 데니스 홍입니다.
당신의 이름은 무엇인가요?

#데니스홍_왈

저는 웃긴 사람이 아닙니다.

당신을 웃게 해주는 사람이죠.

#데니스홍_왈

행복한 사람이 고맙다는 말을 많이 하는 것이 아니라

고맙다는 말을 많이 하는 사람이 행복해지는 겁니다.

#고맙도록_행복하시게

#YOLO?

한 번만 사는 인생이 아니라

하루하루 매일 사는 인생입니다.

You Only Die Once. But you live EVERYDAY!

#YODO!

저는 사랑스러운 것을 사랑하고

자랑스러운 것을 자랑합니다.

#자신의_감정에_솔직합시다

완벽한 사람은 재미가 없다.

나는 정말 재밌는 사람이다.

#당신은_어떤_사람인가요?

세상에 '정답 하나'만 존재한다고 믿는다면

당신의 삶에서 재미는 사라지고 만답니다.

#그래서_나는_재미있게_산다

사실은 말이지요, 자기 자신을 이해하고

무엇이 자기를 행복하게 만드는지 안다면

다른 사람의 시선 따위는

전혀 신경 쓸 필요가 없답니다.

#타인의_시선에서_자유로워질_것

Part 2

인생은 언제나 길을 찾는다

: 행복의 비밀

하지 '못했다'가 아니라,
하지 '않았다'로 바꿔봅시다

오늘 할 일

오늘 해야 할 일을

내일로 미루지는 않지만,

오늘 하지 않아도 되는 걱정은

오늘 하지 않습니다.

나만의 기준으로

성공은 타인의 기준이고

만족은 나만의 기준입니다.

그래서 남과 비교하는 순간 불행이 찾아옵니다.

오늘도 성공을 좇지 않고

내 안의 행복을 좇으려

노력하겠습니다.

나의 하루

비장한 각오로
하루를 시작하진 않습니다.
떠오르는 해를 보면서 긍정적인 생각들로
신나는 에너지를 만듭니다.

힘든 일이 있어도
후회나 걱정으로 잠자리에 들진 않습니다.
작은 것이라도 하루 가운데서 감사한 일들을 생각하며
평온과 겸허함을 찾습니다.

필요충분조건

후회가 없어 뒤를 돌아보지 않는 것일까,
뒤를 돌아보지 않아 후회가 없는 것일까?

행복해서 지금 주변을 둘러보는 것일까,
'지금' 주변을 둘러보아야 행복한 것일까?

기대와 설렘이 있어 미래를 생각하는 것일까?
미래를 생각해서 기대와 설렘이 있는 것일까?

어떻게 보고 어떻게 생각하느냐에 따라
원인이 결과가 되고,
결과가 원인이 된다.

뻥이요!

여러분,
"간절히 바라면, 꿈은 이루어진다!"
라는 말은 뻥입니다!

하지만
꿈이 있고 그 꿈을 간절히 바라면
노력이 자동으로 따라오지 않을까요?
그리고 진정한 노력은
그 꿈을 이룰 확률을 높이지요.

꿈을 찾고, 꿈을 좇고, 그 꿈을 이루세요!

해결책을 찾는 사람

주어진 상황에서 최선을 다하고 있습니다.
뒤바뀐 세상에 적응하고 있습니다.
그동안 잊고 있었던,
혹은 관심을 가지지 못했던 것들을
열심히 찾아 나선 계절입니다.

어려운 상황이라고 주저앉기엔
숨은 기회와 가려진 보물 들이 많네요.
찾고자 하면 보일 것이고, 찾지 않으면 안 보이겠죠?

당면한 문제의 해결책을 찾아내는 사람이 있고,
찾아놓은 해결책의 문제를 찾아내는 사람이 있습니다.
긍정은 길을 찾고, 부정은 근심을 찾습니다.
잊지 마세요.

긍정적인 사람

긍정적인 사람이 되라는 건
힘들어도 슬퍼도 웃으며 감추라는 이야기가 아닙니다.
불의를, 잘못된 일을 겪고도
'그럴 수도 있지.'라고 넘기라는 말이 절대 아닙니다.
한숨을 푹 쉬거나 짜증을 낼 필요도 없습니다.

힘들면 힘들다고 이야기하고
슬프면 가끔 소리 내어 울어도 됩니다.
긍정적인 당신을 위해.

방 탈출 게임

걱정거리가 없는 사람은 없습니다.
아무리 돈이 많고 일이 술술 풀려도
성적이 오르고 직장 상사가 좋아도
갈등이 없는 삶은 없습니다.

걱정거리와 갈등을 노력으로 해결하면
잠시 휴~ 하고 안도의 숨을 내쉬겠지만
그다음 또 다른 골칫거리가 등장하지요.
인생은 문제의 연속이니까요.

삶이 고단하고 힘들어 보이나요?
그런데 그게 또 그렇지만도 않습니다.
고개 너머 고개, 문제 너머 문제이지만
그건 다시 내리막길 건너 내리막길,
해결 건너 해결을 의미합니다.

재치로 문제를 해결했을 때의 짜릿함,
위기를 모면했을 때의 안도의 한숨,
갈등이 해결되는 달달한 순간,
가끔은 해결하지 못한 실패도 찾아오지만
실패에서 배우고 스스로 겸허해지기도 합니다.

방 탈출 게임은
방에 갇히는 스트레스를 받기 위해 하는 것이 아니라
탈출의 짜릿함을 즐기기 위해 합니다.
일부러 걱정거리와 갈등을 만들 필요는 없지만
어차피 부딪힐 문제들이라면,
스트레스 받으며 고개 떨구지 않고
당당하게 부딪히고 현명하게 고민하고
신나게 해결하며 살아가봅시다.

저의 인생은 '신나는' 방 탈출 게임의 연속입니다.

걱정거리가 없는 사람은 없습니다.

갈등이 없는 삶은 없습니다.

어차피 부딪힐 문제들이라면,

당당하게 부딪히고 현명하게 고민하고

신나게 해결하며 살아가봅시다.

행복의 출발점

'행복하다'는

모든 것이 완벽하다는 의미가 아닙니다.

완벽하지 못한 것에서

가치 있는 것을 발견하는 태도입니다.

일하는 이유

인생의 목표가 '돈을 버는 것'인 사람 중에
진정으로 행복을 찾은 이를 저는 알지 못합니다.
하지만 '행복을 찾는 것'이 인생의 목표인 사람 중에
많은 돈을 번 사람은 꽤 알고 있습니다.

직업이 있어 일하지만,
그보다 '더 중요한 이유'로 일하기도 합니다.
우리가 일하는 이유를 잊는 순간
가장 중요한 것들을 잃게 됩니다.

우리가 열심히 일하는 이유를 잊지 맙시다.

두 가지

① 성공에 관해 잊지 말아야 할 자세

- 남이 잘될 때 배 아파하지 말고
- 내가 잘될 때 자만하지 말기

② 당신이 어떤 사람인가를 보여주는 상황

- 모든 걸 잃었을 때 자신을 대하는 당신의 태도
- 모든 걸 얻었을 때 다른 이들을 대하는 당신의 태도

③ 결혼의 의미

- 사랑을 다음 단계로 성숙시키는 기반
- 당신이 지금 이 세상에 존재하는 이유

④ 인생의 가장 중요한 순간(#마크트웨인_왈)

- 자기가 태어난 순간
- 자기가 왜 태어났는지를 깨달은 순간

⑤ 내가 내 일을 열심히 하는 이유

· 나, 너

⑥ 내가 매일 하는 말

· 감사합니다, 사랑합니다

(만일 이 말들을 할 일이 없다면, 그건 온전히 당신의 탓…….)

⑦ 어떻게 해야 할지 고민이 될 때의 선택

· 하든가, 말든가

"Do. Or do not. There is no try." —Yoda

⑧ 이 그림을 보고 당신이 할 수 있는 선택

· 바위를 내고 이기든가, 보를 내고 지든가

당신의 마음을 온기로 채우세요

도덕적인 안정을 얻지 못하면
내 마음은 무언가의 노예가 된다고 합니다.
내 마음을 온기로 채우는 것이
행복을 얻는 길이라 합니다.

행복은 거창한 것이 아닙니다.
행복을 먼 곳에서 찾기보다는
먼저 마음속에서 키워보기로 합니다.

과거, 현재, 미래

미래에 누릴 행복을 설레는 마음으로 계획하고
현재 곁에 있는 사람들과 하루하루를 온전히 즐기며
과거의 아름다운 추억은 마음에 간직합니다.

그래서 저는
현재 수화기를 들고
과거의 공중전화를 통해
미래와 이야기를 나누고 있습니다.

SNS의 모습

멋진 곳으로 떠나는 신나는 여행
알콩달콩 연인들의 샘이 나는 데이트
분위기 좋은 레스토랑의 맛있어 보이는 요리들
친구들과 우하하하 웃고 떠드는 행복한 모습들…….
내가 가지고 있지 않은 누군가의 모습에
너무 기죽을 필요는 없습니다.

SNS란 원래
내가 보고 싶은 모습을 보는 곳이 아니라,
누군가에게 보이고 싶은 모습만 보여주는
그런 곳이니까요.

행복한 삶을 위해서
원하는 모든 것을 다 가질 필요는 없습니다.
이미 다 가지고 있다면 더는 행복하지도 않고요.

저는 가지고 싶은 것들을 얻기 위해 노력하지만

이미 가지고 있는 것들의 소중함을

먼저 느끼고자 합니다.

해야 할 일과 하고 싶은 일

저는 오늘도 해야 할 모든 일을 하지 못했습니다. 이메일은 6,000개나 밀려 있고, 마감 기간이 지난 리포트도 있으며, 연구 발표 자료 준비는 시작도 못했고, 연구비 제안서마저 제출하지 못했습니다. 지금 자괴감 들고 스트레스 받냐고요? 그렇지는 않습니다.

일단 먼저, “하지 못했다”라는 표현보다는 “하지 않았다”라는 표현을 쓸까 합니다. 왜냐하면 그 일들을 할 수 있는 시간에 맛있는 요리를 만들어 행복한 시간을 보냈고, 아들과 신나게 뛰어놀았으며, SNS를 통해 많은 사람과 소통했고, 조용히 산책하며 하루를 돌아보았습니다. 그래서 저는 행복합니다!

아니, 도대체! 해야 할 일들도 다 안 하고 뭐가 그리 떳떳하냐고요? 그런 자신이 창피하거나 부끄럽지 않냐고요? 어린 시절 해야 할 일 하나 없이 하고 싶은 것만 하던 때가 있었고, 해야 할 일들을 먼저 다 하고 나서야 하고 싶은 일을 할 수 있었던 때가 있었으며, 해야 할 일들만 해도 하루가 저물어서 하고 싶은 일을 하나도 할 수 없던 때가 있었습니다. 그리고 이제는 해야 할 일조차도 하루에 다 할 수 없는 때가 오고야 말았지요.

우리는 중요한 사실을 잊고 살아갑니다. '해야 하는 일'을 하는 이유가 바로 '하고 싶은 일'을 하기 위해서 라는 사실을 말이지요. 어차피 하루에 해야 할 일을 다 하지 못할 거라면 일의 중요한 순서대로 처리해야 합니다. 중요한 일을 먼저 하고, 덜 중요한 일은 할 수 없이 하지 못하게 됩니다.

그런데 저는, '해야 할 일'을 먼저 하고 '하고 싶은 일'을 하는 것이 아니라, '해야 할 일'과 '하고 싶은 일' 모두를 통틀어서 내 삶의 행복에 중요한 순서대로 진행합니다. 아니면 하고 싶은 일들을 하나도 못 하게 되거든요. 그렇죠? 그래서 오늘도 내가 해야 할 모든 일을 전부 다 하지는 않았습니다. '하고 싶은 일'을 하기 위해 '해야 하는 일'을 하는 것이라는 사실을 잊지 마세요.

하루는 누구에게나 공평하게 24시간입니다. '나는 오늘 누구보다도 열심히 일했어!'가 아닌, '나는 오늘 누구보다도 열심

히 살았어!'라고 자신 있게 말할 수 있는 하루하루가 되세요.

(단, 짤릴 만큼 중요한 일들을 미루면 아니 되고, 남한테 피해를 줄 수 있는 경우는 되도록 피하면서 장기적으로 생각하고 현명하게 판단하세요. 저도 어떤 때는 하고 싶은 거 하나도 하지 못하고 즐겁게 일할 때도 있습니다. 그러나 저는 '하고 싶은 일 = 해야 하는 일'인 경우가 많습니다. 꿈을 좇고 열심히 공부해야 하는 중요한 이유 중 하나이지요.)

인생은 칵테일

인생은 칵테일!

'인성' 좋은 큰 잔에

'지식'을 채워 넣은 후,

'열정'과 '사랑'을 반반씩 넣어 섞습니다.

마무리는 '건강'으로 장식,

'행복'하게 내어놓는답니다.

그럴 필요 없어요

남들이 좋다는 와인을 덩달아 맛있다고 할 필요는 없습니다. 유명한 예술작품을 그저 유명하다는 이유로 좋게 평가하지 않아도 됩니다. 입에 맞지 않는 고급스러운 음식을 맛있게 먹는 척할 필요도 없고요. 인기 있는 연예인이라고 나도 따라서 좋아하지 않아도 되며, 그저 귀하고 비싸다고 꼭 갖고 싶어 해야 하는 것도 아닙니다. 남들이 다 하는 유행이라고 해서 똑같이 할 이유는 없지요.

남의 눈을 의식하지 않고, 내가 좋아하고 이해하는, 내가 가치 있다고 생각하는 그런 일에 나의 시간과 에너지를 쏟고 노력합시다. 그러면 행복은 자연스럽게 따라온답니다.

아이스크림의 철학

컵에 담으면 먹기 편하고
콘에 담으면 손이 자유롭다.

너무 빨리 먹어도 안 되고
너무 천천히 먹어도 안 된다.
살찔 걱정은 놓아버리자.

어떤 맛을 고를지 고민이라면
걱정하지 말자. 내일 또 오면 되니까.

누군가에게 뺏기면 짜증나지만
누군가와 나눠 먹으면 더 맛있다.

아이스크림은 녹기 전에 즐겨야 한다.
아이스크림으로 찾은 행복의 비밀.

당신은 꿈을 이뤘나요?

저의 어릴 적 꿈은
로봇을 연구하는 과학자였습니다.
일곱 살 때 〈스타워즈〉를 보고 난 뒤
한 번도 변하지 않았던 꿈이었죠.

사람들은 저에게 말합니다.
"꿈을 이루셨군요. 부럽네요."
"박사님은 꿈을 이뤘으니,
꿈을 좇으라고 쉽게 말하는 거예요."
"꿈을 이루기엔 이제 너무 늦었어요."

사람들이 모르는 것이 있습니다.
저에게는 아직 남은 꿈이 있다는 것을요.
창의적인 요리를 하는 요리사,
멋진 무대를 선보이는 마술사,
놀이기구를 설계하는 디자이너…….

로봇을 연구하는 일 외에도

많은 사람에게 즐거움을 주는

이 꿈들을 저는 아직 포기하지 않았답니다.

하나의 꿈을 이룬다고 다른 꿈을 잊지는 않습니다.

꿈이 꼭 하나일 필요도 없고요.

내 꿈이 가치 있는 일이라면

버리지 않고 계속 키워나가도 좋습니다.

꿈을 좇는 것은 인생에서 중요한 일입니다.

로봇을 만들지 않더라도,

저는 어디선가 저의 꿈을 좇고 있을 겁니다.

그러니 여러분도 여러분의 꿈을 소중히 여기세요.

하나도 놓치지 않고, 하나씩 이뤄나가길

응원하겠습니다.

보물찾기

흠이란
찾으면 보이고
안 찾으면 안 보이는 것입니다.
흠은 어디에나, 누구에게나 있습니다.

장점 역시 마찬가지예요.
만나는 사람마다
그 사람의 흠만 찾으려 한다면
사는 게 얼마나 답답할까요?

장점을 보려고 하지 않는다면
삶에서 우리가 놓치는 것들이
얼마나 많을까요?

나의 삶에서 가장 중요한 것은 무엇일까요?

항상 더 좋은 것만 가질 수는 없습니다.

그래서 가끔은 일부러라도

더 좋은 것을 버리고

평범함을 선택할까 합니다.

긍정이란

저의 인생 단어는 긍정optimism입니다. 긍정이란 힘들고 괴로울 때 그냥 막연히 "잘 될 거야."라고 믿는 희망 고문이 아닙니다. "긍정적으로 생각해." 이렇게 강요하는 자기 최면도 아닙니다. 긍정은 그저 '삶의 자세'입니다.

제가 생각하는 긍정이란 다른 사람들의 단점이 아닌, 장점을 보는 자세입니다. 소소한 것에서 행복을 찾는 자세입니다. 자기가 하는 일에서 의미를 찾는 자세입니다. 실패를 두려워하지 않는 도전의 원동력입니다. 실패했을 때 거기에서 배우고 다시 일어설 수 있는 힘입니다.

긍정이란, 아무리 힘들고 어려운 상황에서도 밝은 구석을 찾을 줄 아는 자세입니다. 이렇게 긍정은 오늘날의 나를 있게 만든 삶을 대하는 자세입니다. 힘들고 어려운 일이 찾아와도 즐겁고 행복하고 싶습니다. 긍정은 언제나 길을 찾기 때문입니다.

Optimism always finds a way.

중요한 이야기 하나

행복에 영향을 미치는 요소는 수없이 많습니다. 사회적 지위, 재력, 건강, 대인 관계, 직업, 사회 공헌, 운동이나 취미 등 그 요소와 중요성은 개개인에 따라 다를 것입니다.

'건강'은 행복을 위해 꼭 필요한 반면, 특정 종목의 운동을 잘하거나 '몸짱'이 되는 일은 어떤 사람에게는 그리 중요한 일이 아닐 수도 있습니다. 사회에 좋은 영향을 미치는 일 또한 어떤 이들에게는 자신의 행복에 전혀 영향을 미치지 않기도 하고, 어떤 이들에게는 행복을 위한 가장 중요한 요소 중 하나일 수도 있겠지요.

'많은 돈' 역시 행복을 위한 절대적인 요소는 아닙니다. 막대한 재산을 가지고 있어도 행복하지 않은 사람이 있고, 부자가 아니더라도 진정으로 행복한 사람도 있습니다.

어느 정도의 돈은 행복을 위해 필요합니다. 하지만 어느 정도 경제적 안정을 이루면 돈 이외에 다른 요소들이 행복에 더 많은 영향을 미치게 됩니다. 제 말을 못 믿으시겠다고요? 2015년 노벨경제학상을 수상한 프린스턴대학교의 앵거스 디

턴 교수의 논문에 나온 말이랍니다.

오히려 돈은 많은 문제를 일으키기도 합니다. 이 세상의 거의 모든 범죄는 '질투, 욕심, 복수' 이 세 가지에서 시작된다고 하지요. 그중에 사기, 절도, 부패 등 가장 많이 일어나는 범죄는 '돈에 대한 욕심'이 원인이라고 합니다.

돈이 나쁘다는 이야기가 아닙니다. 돈을 많이 벌지 말라는 이야기도 아닙니다. 수단(돈)과 목표(행복)를 헷갈리면 문제가 일어난다는 이야기입니다. 그리고 (제가 느끼기에는) 특히 우리나라에서는 이 문제가 더 심한 것 같습니다.

"돈이 없으면 무시당하는 사회!" 사회 구조와 분위기를 비난할 수도 있지만, 비난만 한다면 나아지는 것은 없습니다. 영향력 있는 사람은 사회 문제를 고치기 위해 노력할 수 있습니다. 영향력 없는 사람은 힘을 얻기 위해 노력할 수도 있습니다. 또 누구나 돈과 행복에 관한 자기 생각과 태도를 고칠 수도 있습니다.

사회 분위기를 바꾸는 첫걸음은, 자기 자신부터 먼저 굳건하고 바른 철학을 가지는 것입니다. 그리고 그것은 나의 행복을 위한 중요한 첫걸음이기도 합니다.

아이스크림

거짓된 유혹은

처음에는 달지만 결국에는 쓰고,

진실된 조언은

처음에는 쓰지만 결국에는 달다.

(근데 아이스크림은 처음에도 달고 마지막까지 달다.)

나의 상자, 나의 자리

나는 나의 자리가 어디인지 압니다.

내가 담겨 있는 나의 상자를 알고 있습니다. 잠시 내 자리를 벗어나 탐험도 하고, 새로운 경험을 하거나 가끔은 방황도 합니다. 가치 있는 일, 재미있는 일, 딴짓도 하며 나를 향한 환호 속에서 인기도 즐깁니다. 그러나 언제나 잊지 않고 제자리로 돌아옵니다. 원래의 내가 있던 그 상자 안으로 들어갑니다. 몸집이 더 커져서 나 자신을 꼬깃꼬깃 눌러 담기가 힘이 들지만, 겸허한 마음으로 원래의 자리로 돌아오려 노력합니다.

그런데 아이러니하게도, 상자를 나갈 때보다 스스로 제자리로 돌아올 때에 더 많은 용기가 필요하고 더 힘들고 괴로운 경우가 많습니다. 이렇게 나의 자리에서 일탈하는 일은 내가 담긴 상자를 조금씩 더 크게 만듭니다. 그리고 잠시 제자리에서 벗어나는 일은 나의 자리를 더 멋진 곳으로 변화시킵니다.

그래서 나는 나의 자리가, 나의 상자가 좋습니다. 싫어서 나가거나 미워서 벗어나는 것은 아닙니다. 가끔은 더 좋은 것을 찾으러 떠나지만, 그래도 더 커진 나의 상자가, 더 멋진 나의 자리가 나를 행복하게 합니다. 그래서 용기 있게 떠납니다.

도전, 모험, 즐김, 자랑, 갈등, 배움, 겸손, 성장. 결국은 행복, 그리고 반복. 내가 선택한 나의 삶. 나의 상자, 나의 자리.

Q&A

항상 바쁘신데
왜 이리 쉬지 않고 계속 달리시나요?

누가 쫓아와서 도망가는 것도 아니고, 결승점에 먼저 도착하려고 달려가는 것도 아닙니다. 단지 제가 신이 나서 뛰어가는 것뿐이랍니다.

항상 에너지가 넘치는
비결이 뭔가요?

부정적인 생각, 일, 사람에게 나의 에너지를 낭비하지 않기 때문입니다. 근데 저도 낭비해보고 나서야 의미가 없다는 걸 알았어요.

잘 못하거나
부족한 점이 있으신가요?

당연히 못하는 것도 많지요. 하지만 내가 잘 못하는 것들에 기죽기보다는 잘하는 것들을 살리는 데 시간과 노력을 투자합니다. 저에게는 없는 것도 많아요. 하지만 없는 것을 부러워하기보다, 있는 것을 더 감사하게 생각합니다.

싫어하는 일을 꼭 해야만 한다면 어떻게 해야 할까요?

싫어하는 일이 무엇인가에 따라 다릅니다. '귀찮은 일'이라면 잠시 재미있는 일을 하다가 후다닥 처리해버립니다. '힘든 일'이라면 그 일이 왜 중요한지를 다시 생각해보고 도전합니다. 하지만 '옳지 않은 일'이라서 하기 싫다면 어떻게 하면 피할 수 있을까를 고민해봐야겠지요.

지난 20년간 로봇을 연구하면서 잃은 것과 얻은 것이 있다면?

넘어져도 다시 일어날 수 있는 용기를 얻었고, 도전과 실패에 대한 두려움을 잃었습니다.

아프면 좋은 점 TOP 10

① 운동을 안 해도 얼굴이 날씬해지는 효과

② 거절해야 할 일이 있을 때 전혀 미안하지 않음

③ 연락 없던 친구들도 관심을 가져줌

④ 누워서 여유롭게 혼자서 상상의 나래를 펼침

⑤ 밀린 넷플릭스를 볼 때 눈치 안 봐도 됨

⑥ 조용히 집에서 바람과 햇살과 나무들과 데이트

⑦ 설거지 안 해도 됨

⑧ (하기 싫은) 급한 일을 다른 사람에게 부담 없이 맡김

⑨ 건강의 중요성에 대해 다시 한번 상기하게 됨

⑩ 자아성찰할 수 있는 나만의 시간

찾아보면 언제나, 어딘가에 작은 조각 같은

긍정적이고 재미난 일이 항상 있어요.

#긍정은_언제나_길을_찾는다

내가 운동을 안 하는 이유 10

⑩ 운동을 하니까 에너지가 나는 것이 아니라,

운동에 에너지를 너무 많이 소비하기 때문

⑨ 운동을 하면 수명이 연장되나,

그 연장된 시간을 운동에 써야 하기 때문에 결국은 제로섬 게임

⑧ 잘하는 스포츠가 없어서

⑦ 왕성한 식욕 증대로 밥값이 많이 나온다

⑥ 몸짱이 아니라는 사실이 그리 창피하지 않기 때문

(나는 있는 그대로의 나 자신을 사랑합니다.)

⑤ 지구의 엔트로피를 증가시키므로

④ 운동 말고 더 잘하는 것들이 있음을 알기에

③ 몸섹남은 아니지만 뇌섹남이기 때문!

② 못하는 것도 있어야 할 것 같아서?

① 운동을 안 해서 한번 크게 아파봐야 운동의 소중함을 알고,

운동을 열심히 하게 만들기 위한 나의 치밀한 계획의 실천

농담인 것은 아시죠?

하지만 진지하게 보내는 메시지도 숨어 있답니다.

자, 저는 이제 운동하러 가보겠습니다!

Part 3

인생의 위기는 보통 처음을 잃을 때 찾아온다

: 실패에서 배우는 법

실패를 두려워한다면
도전도 할 수 없습니다

내 자리

가끔 잠시 멈춰 서서
내가 지금 어디에 있는지
내가 어디에 있어야 하는지
돌아보고, 살펴보고, 고민한다.

자신이 있어야 할 자리를 잊는다면
우리는 실수하게 되고
중요한 것들을 잊게 되고
많은 것을 순식간에 잃게 된다.

자신의 자리가 어디인지 잘 모르겠다면
자신의 자리를 바꿔야 할지 고민된다면
스스로에게 질문을 던질 것.

"나의 삶에서 가장 중요한 것은 무엇인가?"
답은 분명하다.

이미 알고 있기 때문이다.

오늘도 잠시 멈춰 서서
내 자리를 돌아보고
내가 지금 어디에서 왔는지,
내 자리가 어떻게 바뀌었는지를
돌아보고, 살펴보고, 고민한다.

모든 일이 순조로울 때
가장 경계해야 할 사람은 바로 자기 자신.
인생의 위기는 보통
초심을 잃을 때 찾아오기 때문이다.

사람이나 로봇이나

로봇이 넘어지고 고장 나지 않으면,

아무것도 배울 수 없습니다.

사람도 마찬가지입니다.

비즈니스 vs. 이코노미

아, 그게 말이죠…….

더 편하고 좋은 것들에 익숙해지다 보니,

이전의 '평범함'으로 돌아가는 것이

생각보다 힘이 드네요…….

항상 '더 좋은 것'만을 가질 수 없다면,

원래의 '평범함'을 잊거나 버려서는 안 되는가 봅니다.

그래서 가끔은 일부러라도

'더 좋은 것'을 버리고

'평범함'을 선택할까 합니다.

Bring it

삶의 시련이 우리에게 다가올 때,

용감한 자는 더욱 강해지고

현명한 자는 더욱 지혜로워지지만,

약한 자는 쉽게 포기하고

어리석은 자는 남을 탓한다.

지금 당신은 변신 중

힘드신가요, 지금?

힘든 상황에서 강한 마음으로

고비를 이겨내고 앞으로 나아가는 사람은,

이미 난관을 겪어본 사람입니다.

지금, 힘드신가요?

그렇다면 당신은 바로 지금,

강인한 내면의 힘으로 위기를 이겨내고 앞으로 나아가는,

그러한 사람이 되어가고 있는 중입니다.

지금 당신, 힘드신가요?

그렇다면 당신은

강인한 내면의 힘으로 위기를 이겨내고

앞으로 나아가는 그런 사람이 되어가는 중입니다.

내 마음을 다스리는 일

윗사람이 잘되면 배우고 본받아 따라가고,
동료가 잘되면 자극을 받아 긍정적인 경쟁을 하며,
후배나 제자가 잘되면 자랑스러워해야겠지.

나보다 잘나간다고 시기와 질투로
다른 이들을 누르려는 마음과 자세,
타인의 성공에 배 아파하는 마음을 다스리는 일은
당연히 쉬운 일이 아니지.

하지만
행복하고 발전하는 자신을 위해서는
아주 중요한 마음의 자세야.
너에게 하는 이야기지만,
사실 나 자신에게 하는 이야기란다.

윗사람보다 잘되면 겸손한 마음으로 감사하고,
친구보다 잘되면 손을 내밀어 도와주며,
아랫사람보다 잘되면 후배 양성에 힘써야겠지.

내가 더 잘나간다고 자만하고
거만하게 목에 힘이 들어간 으쓱으쓱한 태도,
성공으로 들뜬 마음을 다스리는 일은
당연히 쉬운 일이 아니지.

하지만
실수하지 않고 미움 사지 않도록
스스로를 위해 주의해야 할 일이야.
너에게 하는 이야기지만,
사실 나 자신에게 하는 이야기란다.

낯선 사람

어느 날 거울 속의 낯선 사람과 눈이 마주쳤다. 어깨에 힘이 잔뜩 들어간 거만한 눈빛의 남자. 그는 바로 데니스 홍, 나 자신이었다. 사람들이 악수와 사인을 청하고, 나의 말 한마디에 환호하는 모습에 나도 모르게 성공의 허상에 취했다. 충격적이었다.

내가 연구를 시작한 이유는 사람을 위한 '따뜻한 기술'로 세상을 이롭게 하겠다는 꿈 때문이었지, 유명세를 얻기 위함이 아니었다. 초심을 잃을까 봐 겁이 났다. 그날 이후 나는 '성공'이라는 단어를 경계한다. 초심을 잃지 않기 위해 매일 노력한다.

위기의 선물

최악의 절망감과 상처를 준 시련과 위기는
돌이켜보면 인생에 꼭 필요한 일이었다.
자만하지 않도록 겸허함을 가르쳐줬고
윤리적으로 현명하게 대처한 나에게 자신감을 줬으며
복잡한 위기 상황을 꿰뚫어볼 수 있는 통찰력이 생겼고
다시 찾아올지 모를 시련을 직시할 수 있는 용기를 얻었다.
잃은 것이 너무나도 많지만
꼭 얻어야 할 것도 얻은 것이다.

커다란 시련은 그 누구도 원치 않지만
더 크기 위해 겪어야만 하는
필수 과정인 것 같다.

비밀

누구나 좋아해주고 환호를 받으며
언제나 극진한 대우와 대접을 받다 보면
나도 모르게 교만하고 건방져지지 않을까 걱정한다.

그러나 이 걱정이 사라지는 순간
실수를 하게 되고, 남을 배려하지 않게 되며
결국 나 자신을 잃어버리게 될 것이라는
또 하나의 걱정이 나를 제자리에 붙들어 놓는다.

걱정이 없어질까 봐 걱정하는 나의 모습에
나는 나의 걱정을 잊어버린다.
그리고 그 걱정을 잊지 않기 위해 또 걱정한다.

이렇게 아무도 모르는 화려한 나의 하루는
자신을 잃지 않고, 잊지 않으려는
자신과의 끊임없는 싸움의 연속이다.

해답은 내 안에

불안을 잠재우고
결국은 제자리로 돌아와
내 안을 들여다본다.
해결책은 이미 그곳에 있었다.

발견하지 못했을 뿐, 숨어 있지 않았다.
물어보지 않았을 뿐, 소리 내고 있었다.
보려 하지 않았을 뿐, 언제든 마주할 수 있었다.

문제도 내 안에 있고,
해답도 내 안에 있었다.

나를 찾아서

오랜 시간 달려 아무도 없는
조용하고 광활한 대지에 다다랐다.
들리지 않던 내 안의 소리가 들리고
처음 시작했던 마음가짐이 떠오르며
다짐했던 약속들과 고마운 얼굴들이 보인다.

수줍게 숨어 있던 작은 두려움들도,
칭찬으로 위험하게 부풀어진 자아도,
보는 이 하나 없는 이곳에서 거리낌 없이
하나하나 모두 꺼내어본다.

정신없이 달리기만 했던 나를 멈춰 세웠다.
조용한 이곳에서 내 안의 소리를 들었다.
잊을 만할 때가 되어서야 초심을 꺼내보았다.
머나먼 이곳에 와서야 비로소 나를 찾게 되었다.

아직, 포기하지 마세요.

보통 자물쇠를 여는 건

열쇠 뭉치의

마지막 열쇠랍니다.

내가 잘못했다는 거 인정해

영어 중에 좀 멋있는 말,

I stand corrected.

(내가 잘못했다는 거 인정해.)

틀려서 부끄러운 것이 아니고,

떳떳하게 잘못을 받아들이는 자세가 느껴지는 말.

잘못을 인정하는 것은 창피한 게 아니라,

어떤 태도와 자세를 취하느냐에 따라

멋진 모습이 될 수도 있다는 것을 보여줍니다.

틀린 것에 주저리주저리 핑계를 읊어대는 사람,

틀린 것이 창피해서 쥐구멍으로 숨는 태도,

잘못을 다른 사람한테 돌리며 손가락질하는 사람,

알면서도 틀렸음을 인정하지 않는 고집불통 등등.

자기가 틀렸다는 사실이 자랑거리는 아니지만,

자기가 틀렸음을 인정하는 건 당당하게 해도 됩니다.
떳떳하게 자기의 잘못을 받아들이는 사람이
저는 멋진 사람이라고 생각합니다.

근데 멋져 보이려고 일부러 틀리려는 사람은 없겠지요?
혹시 있다면,
"I stand corrected."

사고 해결 및 수습 방법

①

절대 화를 내거나 당황하지 말고, 사고를 되돌려 해결할 수 있는지를 아주 재빠르게 알아본다.

②

이 사건이 누구한테 어떤 부정적인 영향을 미칠지를 재빨리 분석한다. 영향이 큰 순서대로 어떻게 타격을 줄일지를 생각하고 실행한다.

③

사고의 원인을 파악한다. 해당 사고를 일으킨 사람을 이해하려 노력한다. 아직은 절대 화를 내서는 안 된다.

(4-A)

좋은 의도였는데 상황이 일으킨 문제거나 어쩔 수 없이 일어난 일이라면 관련자들을 토닥이며 괜찮다고 이야기한다. 유머를 사용하여 분위기를 불편하지 않게 이끈다.

(4-B)

실수를 분석해 경우에 따라서는 책임을 지게 한다. 다시는 비슷한 실수가 발생하지 않도록 대비책을 모색한다. 정말로 화가 난다면 여기서 한 번쯤 화내도 된다.

⑤

마지막으로 허허허 한 번 웃고 다음 사건이 일어날 때까지 현재를 즐긴다.

데니스 홍이 그랬어요

액셀러레이터 페달과 브레이크 페달
둘 다 잘 쓰는 사람이 운전을 잘합니다.

할 때는 정말로 열심히
쉴 때는 제대로 휴식을 취할 줄 알아야
일을 잘할 수 있습니다.

너무 무리하지 마세요.
무조건 달리지 마세요.
마음이 먼저 지치면, 몸은 따라오지 못합니다.

야근보다 더 효율적인 것은
휴식이란 걸 상사가 모른다면
데니스 홍이 그랬다고 알려주세요.

다시 시작점으로

나는 항상 자신감 있는 모습으로 즐겁게 일하는 긍정적인 사람이지만, 나에게도 감당하기 어려울 정도의 힘든 위기가 당연하게 찾아왔다. 사실 모든 사건을 예상했기에 각각의 시나리오에 따른 대처 방안은 이미 준비되어 있었다. 그러나 모든 일이 동시에 터질 줄은 몰랐다. 문제들이 서로 얽히고설켜 이러지도 저러지도 못하는 상황을 만들어버리리라고는 상상하지 못했다.

게다가 사람들의 욕심과 서로에게 상처를 입히는 말, 개인의 이익만 좇는 행동, 그리고 정치적인 이유로 방해하는 사람들까지. 어려운 상황에 사람에 대한 실망까지 덮쳐 나의 마음은 계속 병들어갔다.

이토록 어려운 시기에, 사랑하는 가족과 친구들은 든든한 위로와 지지를 보내줬지만, 복잡한 상황을 오롯이 견뎌야 하는 사람은 결국 나 혼자였다. 어려운 판단과 결정을 내릴 사람도 결국은 나 자신. 나의 결정이 많은 사람의 생활과 미래에 큰 영향을 미칠 게 분명했다.

어깨가 무거워지면서 끝없는 고민에 사로잡혔다. 사람들을 실망시키지 않아야 한다는 부담감도 더해졌다. 이때 내게 가장 도움이 되었던 건, 나만의 확실한 원칙과 철학, 그리고 신념이었다. 위기 상황에서 무엇이 '가장 중요한지' 인지하는 건 생각보다 쉽지 않다. 감정을 누르고 차가운 머리로 현명하게 생각해보고, 그다음은 따뜻한 가슴으로 그 판단을 다시 심사해본다.

어느 길로 가야 할지 헷갈릴 때는 '정도(옳은 길)'를 따르라는 아버지의 말씀을 떠올린다. 더 큰일을 이루기 위해서 때론 작은 것들을 희생하는 용기도 필요하다. 장기적으로 옳은 일이라도 당장 어렵다고 판단되는 길을 선택하는 것은 생각보다 쉽지 않다. 남을 배려하는 마음도 놓지 말아야 하며, 감사하는 마음 또한 잊지 말아야 한다.

눈물이 흐를 만큼 참 어렵다. 하지만 나의 판단과 결정에 후회는 없다. 가라앉는 배를 건지려 그렇게도 애를 썼지만, 이제는 재빨리 새로운 배로 갈아타고 목적지로 가야 한다. 다시 시작점으로 돌아간다. 그리고 나 자신과 약속한다. 초심을 잃지 않겠다고.

성공의 비밀

우리 연구소의 비밀은 '실패'입니다.
실패를 허용하는 연구 문화,
그리고 실패를 대하는 자세.
이것이 우리 연구소를 성공으로 이끄는 비밀입니다.

성공할 때도 있고 실패할 때도 있습니다.
하지만 언제나 배운다는 것만은
잊지 마세요.

현명한 실패

현재 RoMeLa* 연구소에서는 4족 보행 로봇 ALPHRED의 조립이 진행 중입니다. 처음 시도하는 기술이 여럿 적용되기 때문에 실패할 가능성이 무척 큽니다. 하지만 혁신은 새로운 도전으로 만들어집니다. 실패는 불가피하죠.

저는 실패란 성공으로 가기 위한 과정이라고 생각합니다. 이것이 우리가 실패를 허용하는 이유입니다. 로봇이 망가지지 않는다면 우리는 배울 수 없습니다. 실패를 전혀 하지 않았다는 건 그만큼 도전하지 않았다는 의미이기도 하니까요.

무모한 도전을 하라는 것이 아닙니다. 우리는 '현명한 실패'만을 허용합니다. 현명한 실패란 무엇일까요? 실패했을 때 일어서는 법을 배우고, 같은 실패를 반복하지 않으며, 안전하게 실패할 수 있도록 대비책을 마련해두는 것 아닐까요?

삶에서 진정한 승자가 되려면 도전을 위한 용기, 실패를 대하는 태도, 그리고 실패를 극복할 수 있는 지혜가 필요합니다.

---

* UCLA에 있는 데니스 홍의 로봇 연구소

경계 대상: 나

일이 잘 풀릴수록
더 겸손하고 조심해야 한다.
사람이란 늘 방심하게 되고
방심하는 순간 욕심이 자라며
쉽게 감사함을 잊기 때문이다.

쉽게 성공한 이들이
쉽게 사라지는 것을 자주 보았다.
자아성찰이 중요한 이유다.
처음 그 마음을 잊으면 안 되는 이유다.

실패에서 배우는 법

펑!

중요한 로봇 시연 바로 직전에 로봇의 회로가 터짐!

괜찮음. 우리에겐 Plan B가 있음.

백업 회로로 갈아 끼우고 다시 도전!

펑펑!

새로 갈아 끼운 백업 회로가 연기를 내며 똑같이 터짐…….

안 괜찮지만, 우리에겐 Plan C가 있음.

후다닥 외부 전원을 연결하고 다다시 도전!

펑펑펑!

하고 로봇이 땅을 박차고 뛰어올라 전선에 걸려서 넘어짐.

미안하지만, Plan D는 없음.

다행히 위기는 모면했고 다음을 위한 준비 시작!

오늘도 현명하게 실패하고, 실패에서 배운다.

#데니스홍_왈

다가올 내일을 준비하는 가장 큰 무기는

무겁고 전투적인 비장함이 아니라,

긍정적인 기대로 설레고 행복한 마음입니다.

#나의_무기

배를 먼저 준비하지 않았다면

물이 들어왔을 때 노를 저을 수도 없습니다.

#기회는_스스로_만드는_것

걸림돌이나 디딤돌이나

모두 똑같은 돌입니다.

어떤 관점으로 보느냐에 따라 다를 뿐.

#관점의_차이

가능하지 않을 수도 있기 때문에 재미있는 것이고,
불가능하지 않다고 믿기 때문에 도전하는 겁니다.

#로봇_연구

인생에 확실한 것은 없습니다. 모든 게 확률일 뿐…….
하지만 딱 한 가지 확실한 건
자신의 노력이 그 확률을 바꾼다는 사실입니다.

#당신의_손안에_있소이다

좋아하는 것을 얻으면 성공이라 부르고,
얻은 것을 좋아하게 된다면 행복이라 불러봐요.

#데니스홍의_애창곡

벽을 쌓는 것은 더 많은 문제와 위기로 이어진다.
문제를 해결하려면 그 본질을 이해하는 것이 먼저다.
벽을 만들지 말고, 다리를 만들자.

#당신과_나_사이

Part 4

쉬운 길이 아닌 옳은 길을 선택합니다

: 인생을 올바르게 산다는 것

논리가 탄탄해도 전제가 틀렸다면,
결론도 틀린 것입니다

용기

진정한 용기란,

두려워하지 않는 것이 아니라

두려워도 옳다고 믿는 일을 위해

나아가는 것입니다.

문제의 본질

생각해보면 이 세상의 모든 분쟁은
선과 악, 좋은 쪽과 나쁜 쪽의 대립이 아닌,
단순히 누군가의 마음에 상처를 주는 것에서 시작한다.

그것이 누군가의 욕심에서 시작되었든
실수나 오해로 시작되었든
단순히 생각의 차이에서 시작되었든
분쟁은 언제나 마음을 아프게 하는 것에서 시작된다.

나는 정의, 너는 악당
나는 옳고, 너는 틀려.
눈에는 눈?
그렇다면 모든 인간은 앞을 보지 못하게 될 뿐.

모든 문제의 해결은
그 문제의 본질을 파악하는 데서 시작한다.

실력을 키우는 이유

당하지 않고 사는 방법에는 여러 가지가 있다.
당하기 전에 내가 먼저 치는 것,
불안해하면서 항상 의심하고 경계하는 것,
혹은 모든 관계를 끊고 은둔하는 것.

난 아무도 날 함부로 건드리지 못하도록
실력을 키우는 방법을 택했다.
내가 당하지 않고 살기 위함이 아니라,
모든 사람이 서로 의심하고 살지 않아도 되는
상식이 통하는 사회를 만들기 위함이다.
실력을 키워 세상을 바꾸기 위함이다.

여러분도 저와 함께하지 않으시렵니까?

콩 심은 데 콩 나지 않는 경우

논리가 탄탄해도
전제가 틀렸다면
결론도 틀린 거다.

신기한 마술과 논리적인 과학은 항상 공존한다.
어떤 현상을 이해할 수 없다면
인과관계와 더불어 그 전제를 한번 의심해보자.

완벽한 논리라도 그 전제가 옳아야만
제대로 된 결과를 낳는다.
마술도, 과학적 연구도, 복잡한 사회문제도,
인간관계도, 자연도 그러하다.

볕을 잘 쐬어주고 물을 잘 줘도
뿌리가 이미 다쳤다면
꽃과 열매는 열리지 않는다.

완벽한 논리라도 그 전제가 옳아야만

제대로 된 결과를 낳습니다.

볕을 잘 쐬어주고 물을 잘 주어도

뿌리가 이미 다쳤다면

꽃과 열매는 열리지 않으니까요.

그 이유

①

선행을 하는 이유는
천당 가고 싶어서 그러는 것이 아니고
지옥 가는 것이 두려워서도 아니지요.
좋은 일을 하면 내가 먼저 기쁘고
못된 사람보다는 좋은 사람이 되는 게
더 기분 좋기 때문입니다.

②

남에게 보이기 위한 선행은 위험하지만
선행을 남에게 보여주는 것은 좋다고 생각합니다.
오른손이 한 일을 왼손도 알아야
양손으로 더 좋은 일, 더 큰일을 할 수 있다고
믿기 때문입니다.

청소에서 배운 것

쾌청한 주말에 짬을 내서 유리창 청소를 했다. 사다리를 타고 올라가 비눗물로 유리창을 정성껏 씻어내고, 물기 하나 없이 깨끗이 닦았다. 그런데 창문은 여전히 투명하지 않았다. "아! 바깥쪽은 깨끗해졌지만 안쪽이 아직 더럽구나!" 집 안에 들어가 유리창의 안쪽도 마저 정성껏 닦았다.

창에 비치는 푸른 하늘과 바람에 산들거리는 나뭇가지의 모습에 땀을 삐질삐질 흘리며 청소한 보람을 느꼈다. 창이 깨끗해지니 비로소 보이는 창밖의 아름다운 세상에 행복감이 밀려온다. 사람도 마찬가지라고 생각했다.

보이는 모습에 아무리 많은 노력을 기울여도 내면이 깨끗하지 못하면 사람은 반짝이지 않는다. 그리고 안팎으로 깨끗해져야만 비로소 스스로 아름다운 세상을 볼 수 있고 진정한 행복을 맞이할 수 있다. 유리창 청소에서 발견한 단순하고 당연한 진리. (내일은 화장실 청소를 해야겠다. 변기에서는 또 무슨 지혜를 깨닫게 될까.)

세상을 바꾸는 연구

그저 취미가 아닌,

세상을 바꾸는 로봇 연구를 하고 싶으신가요?

그럼 열심히 공부해서 수학 실력을 탄탄하게 다지세요.

과학은 로봇 연구를 위한 도구이고

수학은 과학을 위한 언어랍니다.

수학이 재미없다고요?

하고 싶은 일을 하기 위해서는

해야 할 일을 먼저 해야 한답니다.

(저도 수학을 무척 싫어했답니다!)

완벽하지 않은 삶

완벽한 삶은 재미가 없습니다.

그래서 제 삶은 재미있습니다.

모든 것을 가진 삶은 행복하지 않습니다.

그래서 제 삶은 행복합니다.

많은 것을 받는 삶이

꼭 감사한 삶은 아닙니다.

아니, 사실은

더 나누어야 감사합니다.

그래서 항상 감사한 마음을 놓지 않습니다.

삶이 보람되기 위해서는

일만 열심히 할 필요가 없습니다.

아니, 반대로

일만 열심히 하면 보람되지 않아요.

그래서 제 삶은 참 보람됩니다.

완벽하지 않기 때문에 더 나아지려고 도전하고,
다 가지고 있지 않아서 더 부지런히 노력하고,
나누는 삶으로 항상 감사한 마음을 잃지 않으며,
일만 열심히 하지 않아서 왜 살아가는지 알고 있습니다.

제 삶이 재미있고, 행복하고, 감사하며, 보람된 이유입니다.

실수

자신의 실수를 인정할 수 있는 용기,
자신의 실수에서 배울 수 있는 지혜,
자신의 실수에 책임질 수 있는 강인함.

실수는 누구나 합니다. 하지만
그 실수를 어떻게 대하느냐에 따라,
나는 당신을 더욱 더 존경할 수 있습니다.

나의 실수를 이해하려는 배려,
나의 실수를 도와주려는 현명함,
나의 실수를 용서하려는 관대함.

실수는 누구나 합니다. 하지만
실수를 저지른 나를 어떻게 대하느냐에 따라,
나는 당신을 더욱 더 존경할 수 있습니다.

유연함

넘어질 때가 있더라도
흔들리지 않습니다.
유연하게 제자리로 돌아올 때가 있고
굳건하게 버티다가 부러질 때도 있지만,
원치 않는 방향으로 끌려다니거나
이리저리 밀려 흔들리지는 않습니다.

올바른 가치관,
자기 자신에 대한 강한 신뢰와 믿음은
큰 어려움 속에서도 굳건히 버틸 수 있게 해줍니다.

유연하게 대처할 수 있다고 해서
실패가 피해가거나 역경이 사라지는 건 아닙니다.
하지만 다시 일어날 힘을 주고
잠시 돌아가더라도 결국에는 옳은 길을 안내합니다.

넘어질 때가 있더라도

흔들리지 않습니다.

유연하게 제자리로 돌아오지만

이리저리 밀려 흔들리지는 않겠습니다.

마찰과 윤활유

① 삶의 마찰

부품끼리 마찰이 너무 심하면 자동차는 앞으로 나아가지 못합니다. 하지만 세상에 마찰이 존재하지 않는다면 바퀴는 굴러가지 않겠지요.

사람 사이의 마찰은 앞으로 나아가기 위해 어느 정도 필요합니다. 그러나 자기 내면의 마찰을 먼저 해결하지 못한다면 언제나 제자리걸음일 것입니다.

② 삶의 윤활유

윤활유를 사용하면 기계가 매끄럽게 움직이지만, 잘못된 곳에 사용되면 미끄러질 수 있습니다. 삶의 윤활유도 마찬가지입니다.

사람과 사람 사이의 마찰을 인정하고 내 마음속의 작은 마찰 하나를 해결하기 위해 지금 잠시 나가서 놀다 오겠습니다. 미끄러지지는 않겠습니다.

저마다의 결승선

출발선이 남보다 앞이라고 자만하거나
출발선이 너무나 뒤라고 포기한다면
당신은 어리석은 사람일 수 있습니다.
인생이란 경주는 매우 기니까요.

누구나 출발선이 같을 수 없다는 것은
어쩔 수 없는 현실입니다.
그건 그냥 그렇다고 받아들이렵니다.

하지만 이런 생각, 해보셨나요?
사람마다 출발선이 다르지만
어쩌면 결승선도 다 다를지 모른다고요.
인생의 목표, 가치관, 무엇이 얼마만큼 중요한가.

어디에서 출발하고 어떻게 뛰느냐도 중요하지만
어디까지 뛰느냐가 가장 중요한 것일지도 모릅니다.

당연한 이야기

내가 반드시 따르는,
아주 당연하지만 보통은 잊고 살기 쉬운
성공을 위한 삶의 중요한 자세
"그 누구를 만나든 배려 있게 행동하고 진심으로 친절하라."

내게 많은 기회와 성공을 가져다준
중요한 삶의 태도랍니다.

포기의 기준

특별히 끈기가 있는 것은 아닙니다.
사실 포기도 많이 한답니다.
하다가 아니다 싶으면 미련 없이 손을 떼고
다른 새로운 도전을 찾아 떠나지요.

안 될 것 같은 일에 에너지를 낭비하기보다는
더 가능성이 있는 일들을 찾아
나의 시간과 노력을 투자합니다.

그. 러. 나.
분석해보고 안 될 것 같다면 그때는 포기합니다.
절대 힘들다고 포기하지는 않습니다.
더 해야 할 노력이 얻을 가치보다 많다면 포기하지요.
하지만 포기해서는 안 되는 일도 있다는 것, 잊지 마세요.

모든 문제는 이렇게 쉽게 해결되었다

당연히 나도 잘못을 하고 실수할 때도 있다.

큰 프로젝트와 관련된 일들에 너무 정신이 없어 누군가와의 약속을 깜빡하고 지키지 못했다. 함께 새로운 연구 과제를 검토해보기로 했는데 나의 불찰로 그 기회를 놓치게 되었고, 몇 개월 동안 그 일로 마음이 편치 않았다.

사실 내가 몸담고 있는 분야에서는 이런 일들이 가끔 일어난다. 한꺼번에 여러 가지 큰 기회를 좇다 보면 상대적으로 작은 한두 가지는 미처 생각을 못하고 넘어가는 경우가 있다. 하지만 나의 불찰로 그에게는 클 수도 있는 기회가 사라지게 된 것에 마음이 계속 불편했다. 어떤 이들은 뭐 그런 것 가지고 그러냐고 말할 것이고, 또 이것 때문에 잠을 설칠 정도로 괴로워한 것도 아니었다. 그냥 넘어가도 될 것 같았지만, 마음 한구석에서 불편한 무엇이 이따금씩 나타나 나를 괴롭혔다.

나는 살면서 보통 후회를 하지 않는다. 항상 올바른 결정과 행동만을 해서 후회하지 않는 것은 아니지만, 이미 지나서 어찌할 수 없는 일에 대해서는 스스로를 탓하지 않는다. 그러나

‘후회’는 하지 않지만 ‘반성’은 한다. 나의 행동과 결정에 대해 분석한 후 그 실수를 반복하지 않지만, 자신의 행동이나 결정에 대해 자책하지는 않는다. 단, 이는 누군가에게 피해를 주지 않았을 경우에만 해당한다. 나의 행동으로 인해 누군가 피해를 보거나 상처를 받는다면, 난 괴로워한다. 오래되어 잊힐 때쯤이 되면 그 기억이 숨어 있다가 튀어나와 나를 괴롭힌다.

이를 해결하는 방법은 당연하고도 간단하다. 바로 ‘사과’하는 것. 잘못했다고 시인하고, 내 행동에 대해 미안해하고, (문제 해결이 되느냐 아니냐에 상관없이) 그것에 대해 책임을 지려는 의지를 보이는 것이다. 하지만 그렇게 쉬운 일은 아니다.

사과라는 것은 별것처럼 보이지 않더라도 사실 큰 용기가 필요하다. 내가 먼저 이야기를 꺼내는 것이 민망하고 자기의 잘못을 시인하는 것이 자존심 상하고 두렵기 때문이다. 그래서 ‘시간이 해결해줄 거야,’ ‘그냥 넘어가도 될 거야,’ ‘다 잊히겠지.’ 하고는 보통 지나치는 경우가 대부분이다. 하지만 용기가 필요한 만큼, ‘사과’는 문제 해결의 가장 크고 중요한 부분이다.

* * *

지난주에 용기를 내서 그에게 아주 짤막한 이메일을 보냈다.

나에게 아주 간단한 답장이 왔다.

그리고

모든 문제는 이렇게 쉽게 해결되었다.

자랑합시다

겸손하고자 자랑스러운 것들을
굳이 숨길 필요는 없습니다.
사랑스러운 것들을 사랑하듯이
자랑스러운 것들은 자랑합시다.

하지만 지나치면 문제가 되죠.
그럼 자랑과 겸손의 경계선은 어디일까요?
그 기준은 바로 내 앞에 있는 사람입니다.

듣는 사람이 불편하지 않을 정도로만,
스스로가 자랑스러운 만큼만
자랑합시다.

더 나은, 더 좋은 것을 위해

우리는 오늘도 열심히 일합니다.

중요한 것은 그 둘 사이의 밸런스.

하지만 균형을 맞추는 '중간 지점'은

그 사람의 가치관에 따라 결정되겠지요.

밸런스를 잡기 전에

'평범함'은 문제를 일으키지도
골치 아픈 일을 만들어내지도 않습니다.
평범함은 무리 없이 편합니다.

하지만 이것만으로 만족한다면 우리 삶에 발전이 있을까요?
더 나은, '더 좋은 것'을 위해 우리는 오늘도 열심히 일합니다.
중요한 것은 그 둘 사이의 밸런스.

하지만 균형을 맞추는 '중간 지점'은
그 사람의 가치관에 따라 결정되겠지요.
밸런스를 잡기 전에 나만의 중심점을 찾아야 하고
중심점을 찾기 전에 올바른 가치관을 갖는 것이
중요한 이유입니다.

Be yourself

"홍 박사님 체면 좀 차리세요!" "교수 체면에 그게 뭡니까?" 이런 이야기를 종종 듣습니다. 저는 아직도 호기심 많은 장난꾸러기입니다. 물론 때와 장소를 가리고, 기본 예의는 당연히 지키지만, 본모습을 숨기려 하지는 않습니다.

저는 유행을 좇지도 않습니다. 생각해보면 '유행'이라는 건 이미 많은 사람이 다 하고 있다는 것이잖아요? 그래서 재미가 없더라고요. 고로 유행을 좇는 것은 개성이 없다는 것과 같다고 생각합니다.

항상 남들과 자신을 비교하고 평가한다면 패배자의 기분밖에 들지 않아요. 항상 남이 하는 것을 따라만 한다면 지치기만 하고 삶에 재미도 없어요. 그러니 다름을 인정하고 그 다름을 축복하세요. 먼저 '자기 자신'이 되세요!

남들과 비교하지 말고, 남들을 비난하지 말고, 남들보다 더 나아지려고도 하지 말고, 그냥 '자기 자신의 최상의 모습'을 보이도록 노력하세요.

만일 누군가가 당신에게 "넌 왜 그 모양이니?"라고 말한다면, 자신 있게 씨익 웃으며 "응! 네가 그 모양이듯, 난 너와는 다른 나 자신이기 때문이야!"라고 하세요!

삶이 재미있는 이유는 나와 다른 이에게서 언제나 무엇을 배울 수 있고, 또 남과 다른 나에게서 다른 이들이 배울 수 있기 때문입니다.

먼저 도착하고 싶지는 않습니다

인생은 경기가 아니라 여정입니다.
빨리 가는가가 아니라, 어떻게 가는가가 중요하지요.
급하게 뛰어가야 할 때도 있지만
쉬엄쉬엄 갈 때도 있습니다.
가끔은 일부러 멀리 돌아갈 때도 있고,
모르는 길로 모험 삼아 갈 때도 있습니다.

길을 잃어 헤매다가 놀라운 것들도 발견하지요.
중요한 곳에 들러야 할 때는 길을 물어 가기도 하고요.
손잡고 함께 갈 때도 있지만
혼자서 걸어가야 할 때도 있답니다.
넘어져 아플 때도 많았죠.
그래서 넘어진 사람을 도와주는 것도 잊지 않습니다.

가끔은 샛길로 빠져도 괜찮아요.
원래의 길로 늦지 않게 돌아만 온다면요.

가면서 즐기고 베풀고, 가면서 배우고 나누고,

하지만 언제나 목적지가 어디인지

그 길을 '왜' 가는지를 잊지 말아야 합니다.

앞만 바라보고 뛰어가다 보면

무엇을 놓치고 지나가는지 모릅니다.

왜 뛰어가고 있는지도 잊어버립니다.

지금 가는 길이 너무나 힘들더라도

앞을 보면 희망이 보이고

뒤를 돌아보면 스스로 자랑스러워야 합니다.

목적지에 다른 이들보다 먼저 도착하고 싶지는 않습니다.

웃으며, 뿌듯하게, 함께 도착하렵니다.

Because it's not the race.

It's the journey.

쉬운 길과 옳은 길

어려운 결정을 내려야 할 때
쉬운 길을 선택하지 않고, 옳은 길을 선택합니다.

어떤 희생을 한다는 생각에 사로잡혀 희열을 느끼거나
윤리적인 행동을 했다는 것에 대한 자기만족이 아닙니다.
쉽고, 어렵고, 당장 득이 되고, 아니고를 떠나서
길게 보았을 때 옳은 길이 화를 피하고,
결국은 내게 득이 되는 길이니까요.

그래서 결과적으로
옳은 길**the right path**은 언제나
옳은 길**the correct path**입니다.
언제나, 절대적으로, 항상 그러합니다.

부모님께 배웠고,
직접 경험했으며,

이제는 저의 신념이 되었습니다.

다행히 옳은 길이 쉬운 길일 때도 많습니다.
이제 집으로 돌아갑니다.

나의 다리

가지고 싶으나 가져서는 안 되는 것, 혹은 가질 수 없는 것.
이루고 싶으나 이뤄서는 안 되는 것, 혹은 이룰 수 없는 것.
되고 싶으나 되어서는 안 되는 것, 혹은 될 수 없는 것.
하고 싶으나 해서는 안 되는 것, 혹은 할 수 없는 것.

어릴 적 빈 호주머니로 바라보던 유리창 너머의 장난감,
결혼한 이가 다른 이성에게 느낀 잠깐의 설렘,
옳지 않은 방법으로 손에 넣을 수 있었던 큰돈의 유혹,
나에게 주어지는 분에 넘치는 자리, 대우, 명예…….

가서는 안 될 길
해서는 안 될 일
보아서는 안 될 릴**reel**
받아서는 안 될 딜**deal**
돌려서는 안 될 휠**wheel**
가져서는 안 될 필**feel**

뜯어서는 안 될 씰seal

먹어서는 안 될 밀meal

알면서도 흔들리는

감정의 아름다운 거짓말

찢어질 듯한 소리 없는 고함

눈을 감고 모른 체 그냥 앞으로 뛰어가려다가도

멈칫거리며 움직여지지 않는 나의 다리는

밉기도 하면서 한없이 고마운

나의 이성, 배움, 고찰,

그리고 '너'에 대한

한 단계 더 높은 사랑.

공든 탑이 무너지랴?

네, 공든 탑도 무너집니다.
탑을 쌓는 법을 모른다면
아무리 공을 들여도 무너지기 쉽지요.

마찬가지로
쉽게 쌓아 올린 탑이라고
꼭 쉽게 무너지는 것은 아닙니다.
빠르게 쌓은 탑도
잘만 쌓으면 튼튼하지요.

문제는 '효율'입니다.
같은 시간과 노력을 투자해
얼마만큼 훌륭한 결과를 내느냐.
혹은 반대로 같은 결과를 내기 위해
드는 시간과 에너지를 얼마만큼 아끼느냐.

탑을 쌓는 법을 모른다면

공든 탑이라도 무너지기 쉽지요.

열심히 하는 것도 중요하지만

그보다 더 중요한 것은

효율적으로, 현명하게 하는 것입니다.

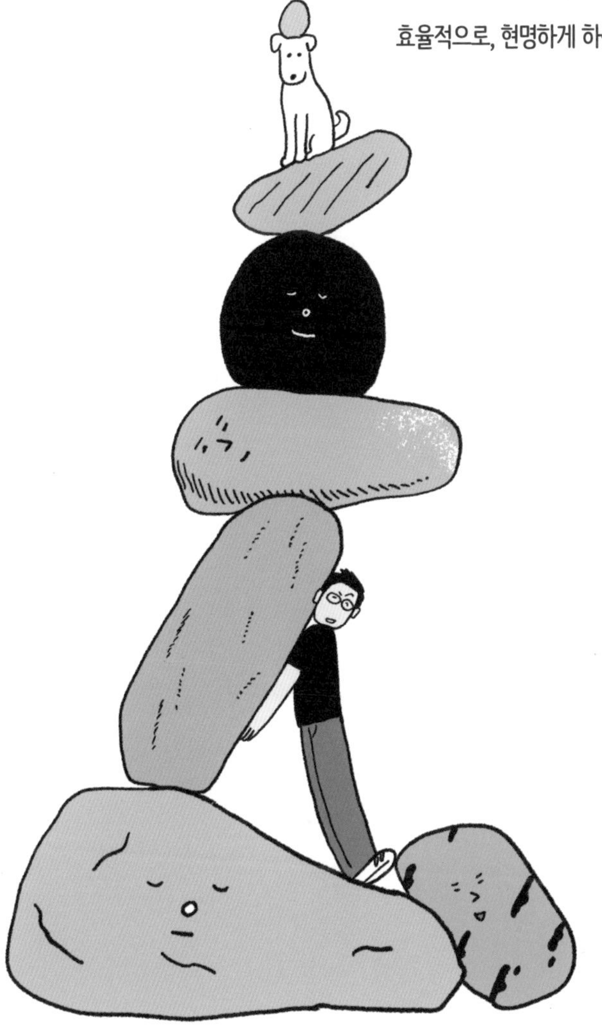

열심히 하는 것도 중요하지만

그보다 더 중요한 것은

효율적으로, 현명하게 하는 것입니다.

배우고 나서 일하면 시간이 낭비되지 않습니다.

먼저 생각하고 일하면 노력이 헛되지 않습니다.

더불어 즐기면서 일하면 지치지 않습니다.

우리 모두 튼튼한 탑을

쉽게, 빨리, 즐겁게 쌓읍시다.

☆**추가**

똑같이 쌓은 탑이라도 시간과 노력이라는 공을 들인 탑이라면 더 보람을 느끼겠지요?
효율과는 상관없이 보람을 느끼는 것도 중요한 가치 중 하나랍니다.

정도 正道

거짓이 아닌 '참인 길'과

문제를 해결하기 위한 '현명한 길'이

항상 같은 길은 아니다.

하지만 '바른 길'은 언제나 '옳은 길'이다.

~하는 방법

• 쉬운 일을 어렵게 만드는 방법 : **미룬다.**

• 어려운 일을 쉽게 만드는 방법 : **함께한다.**

• 없던 스트레스를 만드는 방법 : **걱정한다.**

• 있던 스트레스도 없애는 방법 : **시작한다.**

• 내일 편한 방법 : **미리 준비한다.**

• 오늘 편한 방법 : **어제 준비한다.**

• 어제 편한 방법 : **그런가보다 한다.**

• 불행해지는 방법 : **후회한다.**

• 더 불행해지는 방법 : **비교한다.**

• 후회 안 하는 방법 : **최선을 다한다.**

• 비교 안 하는 방법 : **자신을 사랑한다.**

• 내일 행복한 방법 : **내다본다.**

• 지금 행복한 방법 : **둘러본다.**

• 어제 행복한 방법 : **'불행해지는 방법' 참고.**

• 주는 방법 : **감사한다.**

• 받는 거 없이 주는 방법 : **사랑한다.**

• 받는 방법 : **먼저 베푼다.**

• 주는 거 없이 받는 방법 : **그런 건 없다.**

Part 5

변화는 불가능에서 시작된다

: 경쟁이 아닌 도전

당신의 가슴을 뛰게 하는
멋진 일을 하세요

대회의 이름

다르파 로봇 챌린지DARPA Robotics Challenge.[•]

우리는 이 대회를 '도전challenge'이라고 부르지, '경쟁competiton'이라 부르지 않습니다. 다른 팀을 상대로 경쟁하기보다는 인류를 구하기 위한 기술을 개발한다는 더 큰 문제에 대해 함께 하는 것이지요.

"로봇은 모두 넘어지고 부서집니다.
중요한 것은 팀이 다시 일어서는 것이죠."

You can't always win, but you can always learn.

—

• 미 국방성 산하 연구기관의 재난구조로봇대회

골치 아픈 아침입니다

일이 잘 안 풀릴 때가 있어야
일이 잘 풀릴 때 더 행복합니다.

심리학자들이 말하길
인간이 최고의 행복을 느끼는 순간은
좋은 일이 생겼을 때가 아닌
골치 아픈 일이 해결되었을 때라고 합니다.

그래서 오늘 저녁 저는 행복하겠습니다.
여러분도 함께 행복합시다. ㅜㅜ

¿너 자신을 알라?

세상에는 똑똑한 사람도 많고
RoMeLa보다 훌륭한 연구소도 많지만,

자신감과 즐거움을 연료로 불태우는 열정과
인간을 위한 기술을 개발한다는 스피릿과
머리로만 배우지 않고 손으로 직접 만드는 연구 방법과
사람들이 미쳤다 해도 아랑곳하지 않는 창의적인 에너지!
이것이 오늘날 우리 연구소를 자랑스럽게 만든 원천이다.

어느 분야에서든 최고가 되려면
남들에게는 없는 '자기 자신만의 장점'을
이해하고, 살리고, 이용하는 것이 가장 효과적이다.

목표를 이루기 위한 첫걸음은 언제나
"너 자신을 알라!"

인사이드 아웃

아침에 양말을 뒤집어 신었다.
내가 양말을 신은 것이 아니고
이제 나의 양말이 나를 제외한
세상 모두를 품고 있는 것이다.

에너지의 근원

어려워도 땅을 박차고 나갈 수 있는 힘은
미래를 향해 달려가고픈 열정에서 나오고
그 열정은 내일에 대한 설렘에서 나온다.

나이가 많아도 자신의 꿈을 좇고
꿈이 세상을 바꾸리라는 것을 믿으며
도전하고 넘어지고 다시 일어나 또 신나게 달려간다.

오늘보다 좀 더 나은 세상을 만들려는 이유는
다른 사람들을 행복하게 하는 것이
결국 나를 행복하게 하는 것이기 때문이다.

꿈꾸는 것이 유치하고
불필요한 사치라고 생각하는 이들은
꿈이란 행복의 시작이며
도전하는 힘의 근원이라는 사실을 모르는 사람들일 뿐이다.

행복, 도전, 열정, 힘, 미래, 설렘 모두
꿈에서 시작된다.

그래서 나는 오늘도 미래를 향해 신나게 달린다.

어른이의 상상력

상상력은 참으로 재밌습니다.

상상 속에서는

무엇이든지 만들 수 있고

어디든지 갈 수 있기 때문이지요.

그래서 상상력은

모든 발명과 혁신의 시작입니다.

존재하지 않는 것을 만들어내기 때문입니다.

당신이 가치 있다고 믿는 일에는

남의 눈치 보지 말고 밀고 나가세요.

아무도 보지 못하고 생각하지 못한

이 세상의 즐겁고 놀라운 결과들은

보통 이렇게 해서 세상에 나온답니다.

짬짜면

짜장면을 시킬 것인가 짬뽕을 시킬 것인가.
이 지상 최대의 난제를 고민하기 전에
먼저 짬짜면이 있는지 확인해보자.

우스갯소리로 들릴지는 모르지만,
여기에는 '중요한 메시지'가 숨어 있다.
두 가지 선택을 아우를 수 있는
또 다른 선택지가 존재할 수도 있다는 사실.

미래가 불안하고 두려워도
선택의 기회는 늘 열려 있다.

짬짜면에는 '중요한 메시지'가 숨어 있습니다.

두 가지 선택을 아우를 수 있는

또 다른 선택지가 존재한다는 사실.

선택의 기회는 여러분에게 늘 열려 있습니다.

휴머노이드

영화나 TV에 등장하는 멋진 로봇은
대개 인간의 형태를 하고 있습니다.
두 팔과 두 다리, 머리가 달린 모습이죠.
하지만 로봇이 꼭 인간의 형태여야 할까요?

로봇을 연구하는 목적은
인간을 이해하기 위해서이기도 합니다.
왜 로봇은 인간처럼 자연스럽게 걷고 뛰지 못할까요?
우리가 두 다리로 걷는 행위에는
아직도 밝혀지지 않은 많은 비밀이 숨어 있답니다.

우리가 살고 있는 집은 인간을 위해 설계되었습니다.
로봇이 인간과 함께 생활하려면
인간의 형태를 띠고 있어야겠죠.
계단, 문 등 인간의 형태와 크기가 아니라면
로봇은 함께 살아가기가 힘들 것입니다.

제가 연구하는 로봇 중
세 발, 네 발로 걷거나 기괴한 모습의 로봇도 많습니다.
휴머노이드 로봇처럼 멋져보이진 않지만
목표를 이루기 위한 사랑스럽고 자랑스러운 결과물이죠.

우리가 생각하는 '멋짐'이란
우리의 고정관념으로 만들어진 형상일지도 모릅니다.
다르게 생각하고,
다른 형태를 하고 있더라도
모두 다 쓰임이 있습니다.

그렇기 때문에
오늘도 저는 다르게 생각하고, 다른 형태로
인간의 일상을 함께할 수 있는 로봇을 연구합니다.
당신이 생각하는 멋짐과는 다른 모습이겠지만
저에게는 가장 멋진 모습인 로봇을요.

숙제 vs. 연구

정답이 있다는 사실을 미리 알고
문제를 풀려는 노력은 '숙제'라고 하고,

가능한지 불가능한지 모르는 상태에서
하는 도전은 '연구'라고 하지요.

놀이와 재미

삶을 놀이와 일, 두 가지로 나눠봅시다. '놀이'에서 가장 중요한 요소는 '재미'지만, 대부분의 사람은 '일'에서는 재미가 중요하지 않다고 생각합니다. 그렇기 때문에 '재미' 혹은 '노는 것'을 부정적으로 보는 경우가 많습니다.

사회가 '놀이'와 '재미'에 대하여 갖는 부정적인 인식 때문에 '재미'의 가치를 이해하고 그것을 활용할 수 있는 사회적 기반이 아직 마련되지 않은 것 같습니다. '재미'의 중요성이 과소평가되는 것이지요. '재미'는 높은 의욕, 생산성, 창의력을 가지고 옵니다. '재미'의 힘을 과소평가하지 맙시다.

재밌게 놀고,
재밌게 일하고,
재밌게 삽시다.

미션 파서블

이론적으로 가능하다고?
이론적으로 불가능하다면
절대로 일어날 수 없지만,
이론적으로 가능하다고
꼭 일어나는 것은 아닙니다.

기술적으로 불가능하다고?
이론적으로 불가능하다면
절대로 일어날 수 없지만,
기술적으로 불가능하다면
가능하게 만들려는 노력을 합니다.

우리는 공학도

꿈을 설계하고 미래를 현실로 만드는 사람들!
과학과 수학을 이용해 사회문제를 멋지게 해결하는 해결사!
사명감을 바탕으로 인류를 구하고 지구를 지킬 슈퍼히어로!
멋진 그대들은 바로 엔지니어입니다.

과학은 세상이 돌아가는 원리를 수학이라는 언어로 설명하고
공학은 그 언어를 바탕으로 세상에 없던 것을 만들어냅니다.

인생의 목표가 단지 돈을 버는 것이라면,
당신은 엔지니어가 될 자격이 없습니다.
실패와 도전 없이 조용하게 안주하는 삶을 바란다면,
우리는 당신을 원하지 않습니다.

하지만 진짜 재미있고 의미 있는 일, 가슴 뛰는 멋진 일,
사회를 이롭게 하는 것이 당신을 행복하게 만든다면
엔지니어의 꿈을 좇으세요!

공학도의 꿈을 좇는 여러분을 데니스 홍이 응원합니다!

(참고로 엔지니어가 되려면 공부도 열심히 해야 한답니다. 세상에 공짜는 없어요!)

다른 생각 / 틀린 생각

아름다운 화음은

모두가 다른 멜로디로 부를 때 만들어진다.

한 사람이라도 틀린 음으로 부르면

노래 전체를 망칠 수 있다.

멋진 결과물은

다른 생각을 모아 하나로 만들 때 탄생한다.

하지만 지도받지 않는 틀린 생각은

팀 전체의 노력을 흐릴 수 있다.

#다른생각의_중요성

#틀린생각의_위험성

길

당신이 가려는 길이
아무도 가지 않은 길이라고 해서
주저하거나 망설이지 마세요.

그 길은
아무도 가지 않은 길이 아니라
아직 누구도 발견하지 못한 길일 가능성이 큽니다.

그리고
아무도 가본 적이 없는 길에는
누구도 보지 못한 보물들이 숨겨져 있답니다.

당신이 가려는 길은

아무도 가지 않은 길이 아니라

아직 누구도 발견하지 못한 길일 수도 있습니다.

아무도 가본 적이 없는 길에는

누구도 보지 못한 보물들이 숨겨져 있답니다.

Point of view

찾아야 하는 것은
답이 아니고 질문이다.
만들어야 하는 것은
질문이 아니고 답이다.

답은 찾는 것이 아니라
만드는 것이다.
질문은 만드는 것이 아니라
찾는 것이다.

(도대체 이 글의 뜻이 무엇이냐고 혹시 제게 물으신다면
질문은 이미 찾으셨으니 이제 그 답을 직접 만들면 되겠습니다.)

한 번에 한 걸음씩

어려운 일일수록 서두르지 말고
차분하게 한 걸음씩.

중요한 일일수록 조급해하지 말고
여유 있게 한 걸음씩.

새로운 일일수록 하던 대로 하지 말고
생각하며 한 걸음씩.

자신 있는 일일수록 자만하지 말고
집중하며 한 걸음씩.

재미난 일일수록 재빨리 하지 말고
즐기면서 한 걸음씩.

One step at a time.

거울

거울을 보고 흐뭇해하기 위해서
꼭 잘생겨야 하는 것은 아니다.

표정은 마음에서
눈빛은 머리에서
포즈는 가슴에서 나오기 때문이다.

내가 먼저 웃을 때
나를 향해 웃어주는
거울이 나는 참 좋다.

로봇 연구를 하다가

사람은 로봇을 만들지만
로봇은 사람을 만들지 못합니다.
로봇을 사람처럼 만들 수는 있지만
사람이 로봇처럼 되어서는 안 됩니다.

하지만 로봇은 사람을 '사람답게' 만들 수 있답니다.

빽 투 더 퓨쳐•

만약 타임머신이 있다면
과거로 돌아가서 하는 나의 작은 행동 하나가
현재를 크게 바꿔놓을 수 있지 않을까 생각한다.

그러나
현재의 내 작은 행동이
미래를 크게 바꿀 수 있다고 생각하는 사람은
그리 많지 않은 듯하다.

미래는
진정으로 자신의 꿈이
세상을 바꿀 수 있다고 믿는 자의 것이다.

—
• 고등학생인 주인공이 타임머신을 타고 30년 전으로 가게 되는 영화

세 가지 문제

① 도전

삶에 문제가 없다면, 당신의 삶에 문제가 있다는 뜻이다.

해결해야 할 문제가 있다는 것은

당신이 도전하고 있다는 증거이기 때문이다.

② 회피

문제를 회피하는 것과 해결하는 것은 같은 것이 아니다.

해결하지 못한 문제는 언젠가 돌아온다.

당신은 지금 용기를 내야 한다.

③ 수습

문제에 대한 해결책이 없다면, 그것은 더 이상 문제가 아니다.

답을 찾으려 노력하지 말고

문제를 있는 그대로 받아들여야 한다.

문제 수습에 에너지를 쓰는 것이 결국 해결책이다.

질문하는 자세

지혜란,
어쩌면 내가 아직
얼마만큼 더 많이 가야 하는지를
깨닫는 것일지도 모릅니다.

좋은 답이 듣고 싶다면
좋은 질문을 하는 것이 먼저입니다.

연구자와 '어린이다움'

어려운 문제를 풀기 위해서는 새로운 접근 방식과 창의적인 아이디어가 필요합니다. 이런 새로움을 만들어내기 위해서 저는 연구자에게 '어린이다움'이 반드시 필요하다고 생각합니다.

호기심으로 가득 차 반짝거리는 눈으로 이 세상을 경이롭게 바라보며 신나게 놀이를 즐기는 어린이. "그건 불가능 해."라고 말하지 않고, 때 묻지 않은 순수한 마음으로 도전을 두려워하지 않는 장난꾸러기. 무한한 상상력으로 꿈꿀 줄 아는, 즐거움을 에너지원 삼아 지치지 않는 그런 순수한 '어린이다움' 말입니다.

안전 장비 필수

진정으로 멋있고 가치 있는 도전은
속도를 천천히 내는 도전입니다.

실패가 뻔한 무모한 도전은
성공해도 그리 얻을 것이 없는 도전은
바보 같고 어리석은 도전입니다.

도전할 가치를 분석하고, 실패에 대비하고
충분히 고민하고 준비한 다음 도전하세요.

'실패할 위험이 있는 도전'과
'실패할 경우 위험한 도전'은
같은 것이 아니라는 것을 잊지 맙시다.

낙하산이나 그물망 없이
높은 곳에서 뛰어내리려 하지 마세요.

UCLA

저는 경쟁하지 않습니다

누군가 부러우신가요?

부러우면 지는 것이 아닙니다.

부러워하기만 하면 지는 것이죠.

저는 경쟁하지 않습니다.

다만 도전을 즐길 뿐입니다.

우리가 앞으로 나아갈 수 있는 유일한 길은

경쟁이 아니라 도전이기 때문입니다.

상상을 현실로 만드는 법

하고 싶은 일을
하고 싶을 때 하기 위해서는
해야 할 일을
해야 할 때 해야 합니다.

무엇을 해야 하는지를 알고
열심히 노력하는 것,
그것이 바로
상상을 현실로 만드는 법입니다.

#데니스홍_왈

꿈이 중요한 이유는

도전할 수 있는 원동력이 되어주기 때문입니다.

#도전의_원동력

자신감을 가지되 거만하진 말자.

겸손함을 지니되 비굴하진 말자.

거만함과 비굴함은 무조건 멀리 하자.

자신감과 겸손함 사이를 조심히 걷자.

#나_자신에게_하는_말

하지 못하는 이유를 대기 시작하면 끝도 없습니다.

해야 하는 이유를 생각하면 머뭇거림은 없습니다.

#저스트_두_잇

자신의 약점을 아는 사람이
가장 강한 사람입니다.

#강한_사람

자신의 약점을 고치려고 노력하는 사람이
더 강한 사람입니다.

#더_강한_사람

어디까지 왔는지를 알아야
얼마큼을 더 가야 하는지를 알 수 있고,
어떻게 왔는지를 돌아보아야
어디로 가야 하는지를 확실히 알 수 있습니다.

#지금은_조용히_뒤돌아보는_시간

뛰는 놈 위에 나는 놈이 있다고 합니다.
하지만 둘 중 누가 먼저 지치나 두고 봅시다.

#천천히_그리고_꾸준하게

Part 6

사랑은 세상을 움직이지요

: 결국 모든 것은 사랑

너의 행복이
나의 행복인 '우리'입니다

어느 아이의 고민

제가 무슨 이야기를 하려고 하면, 친구들은 야유를 보내요. 나를 이상한 아이로 봐요. 난 그냥 내 말을 들어줄 친구가 필요한 건데…….

"아이디어는 좋은데 그걸 다른 사람이 쉽게 이해할 수 있도록 설명하는 연습도 해야 할 것 같아. 먼저 마음을 열고 다가가 봐."

누군가의 멘토가 된다는 것, 롤모델이 된다는 것은 쉬운 일은 아니지만 정말 중요하고 좋은 일입니다. 짧은 만남이 한 아이의 인생을 바꿀 수도 있습니다. 여러분도 저와 함께 누군가의 삶을 만져줄 수 있도록 노력합시다.

결국 모든 것의 시작은 '사랑'입니다.
인간관계도, 교육도, 로봇 연구도 말이지요.

사랑의 힘

눈은 누구를 닮고
웃음은 누구와 똑같다는
이야기를 많이 듣습니다.

내 몸의 23쌍의 염색체 중
반은 어머니에게서
나머지 반은 아버지에게서
물려받았지요.

성격과 배움은 유전이 아닐지도 모르지만,
저의 '긍정'과 '배려'는 어머니에게서
저의 '지혜'와 '유머'는 아버지에게서
받은 것 같습니다.

하지만 부모님께 받은
가장 중요한 것은 아마도

진정으로 사랑받고 있다는 것을
언제나 느끼게 해주신 것이라고 생각합니다.
그리고 저는 그 마음을 다음 세대로 전달합니다.

사랑의 표현에 인색하지 마세요.
사랑의 표현에 어색해하지 마세요.
세상을 바꾸는 가장 큰 힘은
바로 사랑이 아닐까 생각합니다.

언제나 건강하세요!
언제나 사랑합니다!

용서와 용기

용서를 하는 데는 용기가 필요하지.

근데 용서를 받는 사람도 그래.

자신의 잘못을 인정하는 데는 용기가 필요하거든.

용서는 함부로 하는 게 아냐.

용서는 '자기 잘못을 인정하는 사람한테만' 하는 거란다.

따라서 용서는,

용기가 있는 사람이

용기가 있는 사람에게 하는 거야.

나 자신부터 먼저

괴로움은 누군가를 미워하면서부터 시작되고,
마음의 평온은 상대방을 이해하려는 데서 찾아온다.
불행은 타인과 비교하면서부터 커져가고,
행복은 나 자신을 사랑하면서부터 시작된다.

미워하지 말고 먼저 이해하고
비교하지 말고 먼저 나 자신을 사랑하자.

공감

당신이 아름다운 이유는,
다른 이들의 마음을 읽고
함께 느끼기 때문입니다.

그래도 사랑

돈이 더 중요한가요,

사랑이 더 중요한가요?

돈 때문에 자기 목숨을 바치는 사람은 못 봤어도

사랑 때문에 자기 목숨을 바치는 사람은 봤어요.

사랑은 세상을 움직이지요.

Love makes the world go round.

날씨

화사한 날씨가

나의 마음을 밝게 만들 수는 있지만

흐린 날씨가

나의 마음을 꿀꿀하게 만들도록

내버려두진 않겠어.

주거니 받거니

사랑이란,
누군가를 행복하게 해줄 때
내가 더 행복한 것입니다.
먼저 주니까 더 받게 되네요.

감사란,
상대가 나를 생각할 때
내가 상대를 더 생각하는 것입니다.
먼저 받으니까 더 주게 되네요.

소중한 사람

진정한 멘토는 내 안에 숨어 있는
눈부신 희망과 가능성을 끄집어내주고,

진정한 친구는 내 안에 아직 없는
든든한 믿음과 추억을 함께 만들어간다.

나의 행복이 너의 불행이 아닌,
너의 행복이 나의 행복인 '우리' 사이.

이산에게 1

이산아,

인생을 살면서 이 네 가지를 꼭 기억하렴.

친절해야 하고,

현명해야 하고,

용감해야 하고,

건강해야 한다.

그럼 너는 세상을 바꿀 수 있는 사람이 될 수 있단다.

—세상에서 너를 가장 사랑하는 아빠가

세상을 바꾸는 가장 효율적인 방법

저는 부모의 사랑을 충분히 받은 아이들은
비뚤어질 확률이 적다고 믿습니다.
나쁜 길로 빠지더라도 곧 제자리를 찾을 수 있습니다.
부모의 믿음을 저버리지 않기 위해서 말입니다.

그렇기에 저는 한 사람의 남편,
그리고 한 아이의 아빠로서의 일을
가장 소중하게 생각하고 가장 충실하게 실행합니다.
가정은 사회를 이루는 가장 기본적인 단위이고,
자녀를 훌륭하게 키우는 일은
세상을 바꾸는 가장 효율적인 방법이라 믿기 때문입니다.

이산에게 2

인생에서 내가 너에게 전할 가장 중요한 가르침은
부자가 되는 법, 혹은 명성을 얻는 법이 아니란다.
살면서 네가 나에게서 배울 가장 중요한 배움은
'행복해지는 법', 그리고 그 행복을 나누는 법이란다.

이산에게 3

사랑하는 아들아,

네가 나이가 들면서

너는 나보다

언젠간 더 키가 커질 것이고

언젠간 더 힘도 세지고

언젠간 더 똑똑해질 테지만,

그래도 나는 언제나 너보다 더 지혜로울 것이야.

내가 항상 너보다 나이가 더 많을 것이기 때문이지.

네가 언제나 부모님 말씀을 잘 들어야 하는 이유란다.

—널 언제나 사랑하는 아빠가

Never forget

잊지 마세요.

배움의 즐거움, 미소의 영향력, 베풂의 따스함,

용기의 어려움, 자만의 위험성, 가족의 포근함,

그리고 사랑의 힘.

바로 지금, 이 글을 읽고 있는 그대가

가슴속에 느끼고 있는

바로 '그것'을 말이지요.

설렘

중력을 느끼지 못한다면,

어디가 위고 어디가 아래인지

파악하기 힘들죠.

내 가슴이 설렘을 느끼지 못한다면,

가야 할 길이 어디인지

알 수가 없겠죠.

Defy Gravity,

Follow Your Heart.

UCLA

내가 부엌에 있는 이유

시간이 남아돌아서 요리하는 게 아니지요.
돈을 벌고자 요리하는 것도 아니고요.
유명해지려고 요리하는 건 물론 아닙니다.
맛있는 음식은 식당에도 많아요.

직접 만든 요리는 먹을 수 있는 '사랑'입니다.
정성이 들어간 음식은 나눌 수 있는 '행복'입니다.

오늘,
당신의 사랑과 행복을 누구와 나누시겠습니까?

국수 한 그릇

일주일 전 부모님 댁에 도착했을 때 아버지는 음식을 거의 드시지 못했다. 깨어 있는 시간보다 눈을 감고 계신 시간이 많았고, 깨어 있는 시간은 매일 줄어들었다. 음식은 하루에 포도 한 알 정도……. 의사는 본인이 원하지 않으면 억지로 권하지 말라고 했다. 음식을 드시지 않는 것은 곧 떠날 준비를 하는 사람의 자연스러운 현상이라고 했다. 받아들이기가 쉽지 않았지만, 더는 아버지께 음식을 권하지 않았다.

마지막까지 아버지 곁에서 시간을 함께 보내기 위해 모든 일과 약속을 버리고 날아왔다. 췌장암 말기 판정을 받자마자 아버지의 건강은 급속도로 나빠지기 시작했다. 언제 떠나실지 몰라도 마지막까지 더 이야기를 나누고, 손도 더 잡아드리고, 사랑한다는 말을 한 번이라도 더 해드리기 위해 쏟아지는 눈 속을 뚫고 찾아왔다.

***

며칠 전, 누워 계신 아버지께서 눈을 살짝 뜨시더니 겨우 입을 여시면서 기어들어가는 목소리로 "유부가 들어간 따뜻한 국물이 있는 국수가 먹고 싶네……."라고 하셨다. 나는 당장 누나와 형에게 재료를 구해달라고 부탁하고 흥분된 마음으로 국수를 만들 계획을 세웠다.

부모님 댁에 온 지 일주일이 지났고, 내일은 집으로 돌아가야 한다. 학교에서 수업도 해야 하고, 집에 있는 가족들도 챙겨야 하고, 연구소 일도 쌓여 있었다. 하지만 떠나기 전에 내가 해야 할 중요한 일 하나가 아직 남아 있었다.

***

오늘 저녁, 국수를 만들었다.

어쩌면 아버지께서 드시는 마지막 음식이라는 생각에 모든 정성을 들였다. 멸치, 다시마, 표고버섯을 우려내 국물을 만들었다. 달걀 지단을 부치고, 유부를 데친 뒤 양념으로 무친 고명도 만들었다. 우리 집 부엌이 아니라서 손놀림이 익숙하진 않았지만, 나의 모든 사랑을 담뿍 담아 만든 따끈한 국수!

하지만 이제는 숟가락을 직접 손으로 드실 힘도 없으신 아버지께서 드실 수 있을까. 이 국수가 마지막으로 드시는 음식이 된다면 최고로 맛있는 음식을 드셔야 한다는 생각으로 요리했다. 맛있게 드시더라도 웃을 힘도 없으시다는 것을 알지만……. 아버지께서 따뜻한 국수 한 젓가락 후루룩 드시고 웃는 상상을 해보았다. 나도 모르게 눈물이 나왔다. 아마 한 방울 정도 국물에 떨어졌을지도 모르겠다. 짭짤한 게 국물을 더 맛있게 만들겠지, 뭐…….

***

저녁 시간에 맞춰 국수가 완성되었다. 그런데 아버지는 잠자리에서 일어나지 못하신다. 시장하신 어머니께 먼저 한 그릇을 말아드렸다. 너무나 맛있게 드시고 행복해하셨다. (그럼요! 이게 어떤 국수인데 말이죠!) 어머니께서 드시는 중에도 나는 아버지께서 누워 계신 침상 쪽을 흘끗흘끗 쳐다보았다. 일어나셨나? 일어나시려나? 어머니께서는 거의 다 드셨는데……. 어머니께서 식사를 마치실 때까지도 아버지는 일어나지 않으셨다. 국수는 불고 국물은 식어가는데 말이다.

"우와, 정말 맛있구나! 내일 형 오면 남은 거 맛보게 줘야겠

다!"

"안 돼요!!!" 어머니의 말씀이 끝나기가 무섭게 나도 모르게 버릇없이 큰소리를 질렀다.

"아버지……. 드리려고 만든 거예요……."

눈앞에 아버지 드시라고 말아놓은 국수가 불었는지 뿌옇게 보인다.

"그래, 그러자." 어머니께서 조용히 말씀하셨다.

어머니께서 맛있게 드셨으니 참 기쁘다. 그런데도 그깟 불은 국수 한 그릇이 뭐라고 눈물이 그치지 않는다.

나의 죽음에 관하여

하루의 해는 저물게 되어 있다.

우리에게 주어진 삶은

언젠가는 끝나게 되어 있다.

하지만 난 죽음을 두려워하지 않기로 했다.

아니, 죽음을 두려워하지 않는 삶을 살기로 했다.

최선을 다해 삶을 살지 못한 사람이

죽음을 가장 두려워한다고 생각했기 때문이다.

인생은 한 번밖에 살지 못하지만,

제대로 산 삶은 한 번으로 족하다.

인생을 최고로 살지 못했다는 사실을

눈 감을 때가 되어서야 깨닫지는 말자.

내가 언제, '어떻게 죽을지'는 아무도 모르지만,

내가 지금부터 '어떻게 살지'는

나, 스스로, 정하는 것이다.

나의 삶에 관하여

내가 좋아하는 사람

두둥실 떠가는 구름을 보며
웃는 얼굴이나 강아지의 모습을
찾아낼 줄 아는 사람을 좋아합니다.

별거 아닌 것 같지만,
유치한 것 같지만,
여기에는 그 사람에 대한
숨어 있는 많은 것이 보인답니다.

강아지 루비

어린 시절 나는 강아지를 무척 좋아했다. 형과 누나와 함께 강아지를 키우고 싶다고 매일 졸랐다. 그때마다 부모님은 거절하셨는데, 아직 어린 우리들이 돌보기엔 강아지의 삶이 너무 짧다고 생각하셨기 때문이다. 우리는 죽음을 받아들이기에는 너무 작고, 너무 어렸다.

내가 네 살이 되던 해 삼촌네 강아지 루비가 우리에게로 왔다. 한 달 동안 집을 비우게 된 삼촌을 대신해 강아지를 잠시 맡게 된 것이다. 우리 셋은 잔뜩 신이 나서 서로 앞다퉈 강아지를 애지중지 안고 다녔다. 특히 강아지를 너무 사랑했던 누나와 내 품에서 루비는 벗어날 일이 없었다.

그러던 어느 날, 우유를 주려고 안고 있던 루비를 누나에게 건네다 그만 바닥에 떨어뜨리고 말았다. "깨갱" 하는 비명을 지르며 바닥에 떨어진 루비의 나를 쳐다보던 그 원망의 슬픈 눈빛은 지금도 내 머릿속에서, 가슴속에서 지워지지 않는다. 이 사고로 루비는 다리가 부러진 채 남은 시간을 우리 집에서 보내야 했다. 누나와 형에게는 여전히 다정하고 사랑스러웠지만, 사고 뒤 루비는 나에게 한 번도 다가오지 않았다.

나는 그날부터 성인이 될 때까지 작고 여린 생명체들을 손에 안지 못했다. 트라우마였다. 루비를 떨어뜨린 것처럼 떨어뜨리게 될까 봐, 나도 모르게 상처를 주게 될까 겁이 났다. 결혼을 하고 아내가 임신을 하게 되면서 걱정은 더해갔다. 내가 아기를 안을 수 있을까. 출산일이 다가올수록 잠을 이루지 못했다.

그리고 나의 아들 이산이 태어났다. 이산이 태어난 순간을 잊지 못한다. 나도 모르게, 주저 없이 이 작고 여리고 사랑스러운 생명을 품에 안았기 때문이다. 트라우마따위는 머릿속에 떠오르지도 않았다. 내 사랑하는, 나의 유일한 아이 이산을 품에 안으며 이루 말할 수 없는 사랑과 행복을 느낄 수 있었다.

절대 지워지지 못할 거라고 믿었던 내 마음의 상처는 이산이에 대한 사랑의 힘으로 단번에 사라졌다. 이때 나는 나의 삶을 바꿔놓을 가장 중요한 것을 알게 되었다. 모든 것을 치유할 수 있는 힘, 바로 사랑의 힘이었다.

가장 값진 선물

아버지는 다음 세상이 없다고 해도
두렵지 않다고 하셨다.
삶에 후회는 없다고도 하셨다.
하기 쉬운 이야기가 아닌데도 그렇게 조용히 말씀하셨다.
온전한 삶을 산 사람만이 할 수 있는 이야기라고, 생각했다.

지난 일주일간 아버지와 많은 이야기를 나눴다.
잠시 잊었던 어린 시절의 추억과 감사한 기억에 대해.
말씀이 많지는 않으셨지만 내 손을 꼭 잡은 손에서
아버지의 생각이 느껴졌다.
소중한 시간이 주어짐에 감사했다.

목욕을 시켜드리고 손톱, 발톱도 깎아드렸다.
마지막 날은 뜬눈으로 지새웠다.
사랑한다고 수없이 말씀드렸지만
한 번이라도 더 말씀드리고 싶었다.

한정된 시간이 야속했다.
하지만 지난 일주일을 함께할 수 있었던 것이
커다란 축복이라고 생각했다.

나도 언젠가 그때가 오면
두렵지 않다고
삶에 후회는 없다고
그렇게 이야기할 수 있는 삶을 살아야겠다
고 다짐했다.

어떻게 삶을 살아야 할지
마지막까지 몸소 실천하고 보여주신 그 가르침이
아버지께서 내게 주신
삶의 가장 값진 선물이라고
생각했다.

잠깐 있다 갑니다

이 세상 잠깐 있다 가는 거니까
세상을 바꿀 뭔가 멋진 일을 하고 가자.

그 '멋진 일'은 거창한 일이 아니어도 좋다.
좋은 아빠가 되고,
좋은 선생님도 될 것이다.
사랑과 가르침으로 내가 떠난 뒤에도
그 멋진 일들을 계속할 수 있는 사람을 키우는 일,
행복한 세상을 위해 함께 노력하는 일.
그것이 이 세상을 바꾸는 일이라고 믿는다.

이 세상은 잠깐 있다 가는 곳이라서
나에게 행복을 주는가 보다.

당신은 어떤 멋진 일들을 하고 가시겠습니까?
그러기 위해서 오늘, 어떤 일을 하시겠습니까?

꿈을 이룬다는 것

"안녕하세요. 늦은 시간에 정말 죄송해요ㅠㅠ 중학교 3학년인 학생입니다. 저는 초등학교 2학년 때부터 음악을 좋아했고, 지금까지 음악을 하고 있습니다. 하지만 이 길을 반대하시는 부모님과의 마찰 때문에 힘이 듭니다. 뭔가 도움을 받을 수 있을까 해서 메시지를 보내봅니다."

어려운 고민이네요. 먼저 이야기를 해보자면 부모님의 반대는 학생을 미워해서가 아니라 진정으로 위해서라는 사실을 아셔야 합니다. 그리고 세상의 일은 '이것' 아니면 '저것'이라는 이분법이 아니라는 것과 모든 일은 '확률'이라는 것도요.

자신이 원해서 정말로 열심히 진정한 꿈을 좇으며 노력하는 건 단지 그것을 이룰 수 있는 확률을 높이는 일이지 거기에 대한 100%의 보장은 없습니다. 제가 생각하기에 음악을 한다, 안 한다는 지금 꼭 중요한 것 같지 않습니다.

꿈은 커가면서 바뀌기도 하고, 또 새로운 꿈이 생기기도 합니다. 더 크게 생각해보면 우리가 살아가는 건 결국 '행복'하기

위해서겠죠? '지금'은 행복하기 위한 길이 음악을 하는 것이겠지만, 커가면서 바뀔 수도 있고, 혹은 진정으로 그 길이 행복의 길일 수도 있습니다. 하지만 100% 확신할 수는 없죠.

자신이 행복할 수 있는 확률을 높이기 위해서는 이거다 저거다 결정하지 말고, 음악은 계속해서 취미로라도 하면서 꿈을 키워나가는 것이 좋을 것 같아요. 지금 당장 인생의 중요한 결정을 해야 하는 건 아니니까요. 또 중요한 것은 부모님께 정중하게(싸우지 말고) 자신의 꿈이 무엇인지를 이해시키는 것입니다. 음악의 열정을 부모님께 '보여주세요.'

꿈은 직업과 같은 개념이 아니라는 사실, 꿈=직업은 좋은 것이지만, 그것이 꿈을 이뤘다의 정의는 아닙니다. 꿈은 직업보다 한 단계 높은 개념이죠. 다른 직업을 하면서 꿈을 좇을 수도 있고, 꿈을 좇기 위해 직업이 존재할 수도 있으며, 꿈이 직업일 수도 있습니다. 그러니까 아직은 너무 걱정하지 마세요. 하지만 그 꿈을 버리지 말고 키워나가세요. 음악가가 아닌 법률가, 공학자, 방송인 등 어떤 사람이 되어도 음악은 항상 함께할 수 있으니까요. 이것이 음악이 가진 또 하나의 매력이 아닐까요?

어린이의 작은 말

어린이가 하는 모든 말에 언제나 귀를 기울입니다.
어린이들의 '작은 말'에 귀를 기울이지 않는다면,
그들이 어른이 되어서 하는 '크거나 작은 그 어떠한 말'도
들을 수 없을 테니까요.

아름다운 작은 비밀

내가 당신에게 처음 다가간 것은
무엇을 얻기 위함이 아니라
무엇을 주고 싶어서였소.

그 무엇은 선물일 수도, 도움일 수도, 우정일 수도,
혹은 사랑일 수도 있겠지요.
하지만 그대에게 내가 먼저 줌으로써
그 무엇이 두 배로 늘어난다는 사실을,
거꾸로 내가 더 받을 수 있다는 비밀을
미리 알고 한 것은 아니었소.

그것은 그대와의 나눔이었고
서로에게 베풂이었고
같이 함께 키움이었지요.
줌으로써 손이 비워진 것이 아니라
그대의 손에도, 나의 손에도

더 많은 것이 채워진 것이었소.

이 신비하고 아름다운 비밀을 그대는 알고 있는지.
'질량 보존의 법칙'은 있어도
'사랑 보존의 법칙'이란 없다는 것을.

오늘 내가 당신에게 먼저 다가가 건네주고 싶은 것은,
세상에 아름다움을 전파하고 키우는 일은
내가 먼저 다가가 베푸는 것이라는
이 아름다운 작은 비밀.

진정한 삶

인생의 여정에서
진정한 사랑에 빠진 경험이 없다면
진정으로 삶을 산 게 아닙니다.

미치도록 사랑에 빠져보세요!
그런 진정한 사랑을 찾고,
가슴 뛰는 삶을 사세요.
진정한 삶을 살기 위한 도전입니다.

누구를 향한, 무엇에 대한 사랑인가에 관계없이 말이죠.

국수 한 그릇 만드는 법

1

멸치와 다시마, 표고버섯을 넣고 육수를 끓인다.
입맛에 맞게 간장으로 간을 한다.

2

끓는 물에 국수를 3~4분 삶아 찬물에 헹군다.
거품이 끓어오를 땐 찬물을 부어준다.

3

달걀을 풀어 지단을 부치고, 육수의 표고버섯을 건져 썰어낸다.
유부는 데쳐서 물기를 꼭 짠 뒤 표고버섯과 함께
간장, 참기름, 깨소금으로 양념한다.

4

국수를 그릇에 담고 육수를 붓는다.
마무리로 고명을 올리고 깨소금을 뿌린다.
제일 중요한 양념은 사랑과 정성!

에필로그

저의 정답이 당신에게는 오답일 수 있고,

당신의 정답이 내겐 쓸모없는 이야기일 수도 있습니다.

저는 저에게 가치 있는 이야기를 나누고

제가 찾은 답을 공유할 뿐,

문제의 해답은 스스로 찾아야겠지요.

하지만 저의 이야기들이

당신이 어려울 때 힘이 되어주고,

우울할 때 웃음을 주고,

길을 못 찾아 헤맬 때 작은 지혜를 줄 수 있다면

더없이 기쁘겠습니다.

우리, 그렇게 소통하고

그렇게 함께 살아갑시다.

2022년을 마무리하며,
데니스 홍

오늘 하지 않아도 되는 걱정은 오늘 하지 않습니다

유쾌한 로봇공학자 데니스 홍의 현재를 살아가는 법

초판 1쇄 2022년 12월 12일
초판 3쇄 2023년 4월 5일

지은이 | 데니스 홍

발행인 | 문태진
본부장 | 서금선
책임편집 | 임은선 편집 2팀 | 이보람 원지연 일러스트 | 최진영@jychoioioi

기획편집팀 | 한성수 임선아 허문선 최지인 이준환 송현경 이은지 유진영 장서원
마케팅팀 | 김동준 이재성 박병국 문무현 김윤희 김혜민 김은지 이지현 조용환
디자인팀 | 김현철 손성규 저작권팀 | 정선주
경영지원팀 | 노강희 윤현성 정헌준 조샘 조희연 김기현 이하늘
강연팀 | 장진항 조은빛 강유정 신유리 서민지

펴낸곳 | ㈜인플루엔셜
출판신고 | 2012년 5월 18일 제300-2012-1043호
주소 | (06619) 서울특별시 서초구 서초대로 398 BnK디지털타워 11층
전화 | 02)720-1034(기획편집) 02)720-1024(마케팅) 02)720-1042(강연섭외)
팩스 | 02)720-1043 전자우편 | books@influential.co.kr
홈페이지 | www.influential.co.kr

ISBN 979-11-6834-068-8 (03810)